となりの男

柳谷郁子

幻冬舎MC

目次

ユタの肖像

九時四分にはまだ三十分ある。

どこに立っていようかとあなたは迷う。あなたが迷おうが迷うまいが誰も見ている人などいないのに、あなたは迷っていることを知られたくなくて、自分にも知られたくなくて、さもそこが当然に決められている自分の場所だとでもいうように、改札口を出るとすぐ横手の薄汚れた丸い柱の根元にさりげなく立ち、少し膨らんでいるボストンケースを下ろす。

十年前にもこうして此処に立っていた。四十二歳だった。その十年前にも此処に立っていた。三十二歳であった。東京からはるか西の小さな町に住んでもう三十年が経ったのだと、五十二歳のあなたは十年ごとの歳月をあらためて思っている。

高田馬場は乗降客は夥《おびただ》しく多いのだが古ぼけた小さな駅である。

駅も周辺のありようもあなたがこの学生の街の住人であった頃とほとんど変わっていない。しかし間をおかず絶えず改札口に吸い込まれ吐き出されてくる無数の人々の群れは、あなたにはもう呆然と眺める影絵でしかない。夜が更ければ更けるほどに人々は無表情になり、音も無く輪郭がぼやけて闇に融けてゆく。駅舎に降っている白い蛍光も外に煌々と輝く色とりどりのネオン街も、闇を際立たせる舞台でしかない。

幾つかの売店だけが活きのいい生き物のように明りをかき集めている。商品が溢れかえる屋台の前には積み上げられた雑誌や新聞が雪崩れかかり、傍らには安物の衣服やバッグややたらに光る色とりどりのアクセサリーがぶら下がっていたりして、その野放図な乱雑さが客を引き寄せる。

あなたがこの駅を我が物顔に猛スピードで駆け抜けた頃には、駅舎にこのような屋台売りの売店はなかった。この時間になると、夜行性の動物のごとく目に奇妙な光を湛えた人の群れが秘密めいた息遣いを荒くしていたものだ。

三十年前のその荒々しい息遣いが、次第に大きくなる時計の振り子の音のようにあなたを取り巻き始める。

けれども目の前ではあっけらかんと現実的な会話が飛び交っていた。

「また一杯やってくの？」

「いや今日はうちで残業」

「それはそれはご愁傷様。夕飯、食べたん？」

「これ、これ、――」

夕刊を買った客は、手首にぶら下げたビニール袋を、もう一方の腕で胸に抱えている鞄の上へ上げて見せる。

「お袋さんの味も近頃はけっこう美味しくなってるんだけどねえ。それでもねえ。今度はいつ？　奥さんとこへ帰るの」

ビニール袋へちらりと目を泳がせただけでレジの引き出しを開けた売店の女主人《あるじ》は、手を忙しく動かしながら、昨日の茶の間の話の続きのように訊ねる。

「うーん、いま会社が大変な時だからねえ。なかなか」

「そうだねえ。辛いねえ。子ォたちも待ってるだろうにねえ。はい、お釣り」

「ありがと」

小銭を受け取りそのままズボンのポケットに入れてくるりと背を向ける、その働き盛りの背広の背に、また声だけが飛ぶ。

「また明日ね。浮気したら駄目だよ。奥さん泣かしたらいけないよ」

常連なのだろう。男は歩きながら丸めた夕刊を頭の後ろで振った。それを女主人《あるじ》はもう見ていない。次の客が雑誌と新聞を差し出している。

大都会の雑踏の片隅で、人はいつの間にか暮らしにまみれた肌をひそかに温め合っているのだ。

思いもかけなかった遠い地に棲みついて、家庭を持ち子育てをし世間と付き合い何とか辻褄を合わせて生きることと格闘してきたあなたは、暮らしにまみれたどろどろの生臭い言葉を聴くとほっとする。この駅を行き交っていた青春の頃には最も遠ざかりたかった、どうしようもなく憎い言葉たちに。

あなたは駅の時計を見る。九時四分まであと数分。

改札口の横手に並ぶ公衆電話は閑である。時々その前に立つのは歳のいった者たちで、あなたより若い人たちは携帯電話を手にするかポケットに入れている。その傍若無人な会話を聴いているだけで退屈しない。あなたも携帯を持っているが電源を切っている。

十円玉しか使用出来ない公衆電話を探して走りまわった日々の若さを、あなたは妬ましく思い出す。百円玉しかなくてお釣りになる筈の九十円が電話機の中に残ってしまった心残りも。

三十分はあっという間に過ぎた。

九時四分をカウントダウンする数分、あなたは平気を装いながらもさすがに駅の時計を睨む。冷たい汗が滲んでいる。

長針がゆっくりと四分の目盛へ動いた。

それから三十分。一時間も立ち続けていると、吸い込まれ吐き出されてくる夥しい人の群れの流れを一瞬堰き止めて次の瞬間には知らぬ顔をして一緒に流れてゆくかのように、あなたは動き出さなくてはいられなくなる。

そしてその行く先はやはりユタだった。

駅前の小さな喫茶店ユタは、前回、つまり十年前には、周辺の在り様が激変する中で化石のごとくまだ健在であった。無論、人は代わり椅子やテーブルも変わっていたが、深い森の奥の洞窟のように殷々《いんいん》とした気配は昔のまま、聴こえるか聴こえないかに店内を震わせているヴァイオリンとピアノの旋律もあなたの耳の底に沈んでいるままであった。

もう消え失せているだろうと思っていたのに、十年が経ち二十年が経っても、そこに埋められたタイムカプセルのごとく澄まして確かに存在していたユタに、あなたは驚いたものだ。

それからまた十年。今度こそ在る筈がないと、あなたは覚悟して歩道を渡る。そのあなたの覚悟に手を差しのべるかのように、信号機の青色がまだ夏の余韻を残す蒸し暑さに烟《けむ》っている。

そしてあなたはとうとう、信号を渡ってすぐ右の辺りに在る筈の、クリーム色の布張りの庇《ひさし》の下に剥げかかったユタの金文字を置いているダークブラウンの重い木扉を、見つけることが出来なかった。

三十年だもの。あなたは呟く。

十年目の時も、十年だもの、と呟いた。二十年目の時も、二十年だもの、と呟いていた。


勢津子と美穂があなたの下宿の部屋へ立ち寄ったのは、いつものようにインド研究会部室からの直行であった。

あなたは風邪で寝込んでいた。

とっておきの話があるの、絶対、由布にもいい話だと思うわ。布団の傍らに座るなり勢津子が勢い込んで言った。

「シュールの絵、見たことある?」

「うん、ダリとか、ね。本物かどうかは知らないけど。写真ではいっぱいね」

「日本でね、今、シュールの画家といえば伊藤一仙でしょ。その一仙を美穂が知ってたのよ。吃驚《びっくり》よね。しかもね、一仙とお弟子さんたちと今度一緒に飲みに行こうってなったってわけ。勿論、由布も一緒によ。ね、素敵な話でしょ」

「うーん、でもこの風邪、なかなか治りそうもないよ」

「いいんよ、いつでもいいんだもん。いろいろ、話、聞けるわよ。この際シュールの勉強をしておくのもいいじゃない。面白そうだし。ね、行こうよね」

「シュールレアリズムか——。でも、風邪が治っても、すぐ定期試験が始まるよねえ」

なかなか下がらない高熱のために、あなたは期末テストの準備が出来ていなかった。

「熱なんかすぐ下がるよ。大丈夫だよ、由布は試験勉強なんか要らないんだから。それにいつだっていいんだからさ。夏休みに入ってからで、どう？　早く治ってね。待ってるよ」

いっぱしの学生生活一年目である。

いずれも地方の主要都市とはいえ小さな町から出て来たあなたたちは、三歳の幼児のごとく手当たり次第の知識欲冒険心にそそのかされ、訳もない自信と野心に溢れていた。未知の世界であればあるほど、そこに扉さえあれば開けて踏み入ってみたい野放図な好奇心は恐れを知らなかった。

三人は夏休みの帰省を遅らせた。

ユタで落ち合った一仙と二人の弟子たちは、あなたが思い描いていた通り、世俗をものともしない哲学的な妖しさを放って現れた。

あなたたち三人に合わせたかのような数の一致は、ふとあなたを不安にさせたが、あなたはすぐにそれを忘れた。まったく知らない世界、異次元の世界へ、導かれ魅惑される歓びと興奮にたちまち充たされたからだ。

言葉も表情も人間もちゃんとあなたたちに通じるのに、神秘と不思議の国からやって来た使者のように、或いは悪魔のように、静かだが饒舌で、平易だが奥深く、暗鬱かと思えば朗らかで、若いのか歳とっているのか惑わせる彼らは眩しかった。

ユタから新宿へ、新宿から一仙のアトリエへ、何杯も重ねたオンザロックとカクテルの酔いにまかせて、あなたたちはその眩い一日を完結させるためにその先の成果を期待した。

すでに深夜も更けていたが、誰もそんなケチな思案など口にしなかった。シュールレアリズムを謳う自分たちの作品世界とはどんなものか、アトリエを見せてあげようという画家たちの誘いに心弾ませて、あなたたちは勇躍、最終電車を乗り継ぎ、どこをどう歩いたのか彼らの案内に従ったのだった。

高い天井を戴いて鎮まる広いアトリエに、蛍光の白光を浴びて、何脚かの大きなカンバスと重々しい額縁や画がそれぞれの場所を占めて浮かび上がった。足の踏み場もない絵具まみれの乱雑な仕事場を想像していたあなたは、その作品の確かさと清潔な空気に、わずかに残していたそこはかとない警戒心から解放された。

「この絵、ガンジス河に沈む夕陽ですか。燃える夕陽の光の中で戯れている生命たちですか。死者たちですか。生命の歓喜ですよね。死者の祈りですよね」

大作の前に立ったあなたは、ようやくインド研究会の学生らしく、早速、いつかは訪ねてみたいと思っているガンジス河を絵の中に見る。

夜気に晒されてきた酔いはいつの間にか遠のいていた。

「同じなんだよ。生命の歓喜も死者の祈りも。しかしガンジス河とは恐れ入ったな」

一仙が後ろに立っていた。

「この絵、わたしが抱いているガンジス河のイメージと同じなんです。ガンジス河じゃないんですか？」

「夢から見た現実。現実から見た夢」

一仙は面白そうに言い、あなたの肩にその骨張った大きな手を置いた。

「さ、みんなで雑魚寝するとしよか」

あなたが本当に酔いから醒めたのはその時であった。

あなたは首を振り、勢津子と美穂に同意を求めた。

「でもこんな時間にどうやって帰るのよ。もう電車もバスもないんよ」

あっけらかんと思いがけない返事が返ってきた。

そしてどこをどうやって何処に来たのかも分からない外の闇が、どうしようもなくあなたを彼女たちの返事の中へ押し戻す。

彼女たちが手伝い、隣の部屋に屈託なく薄い布団が敷き詰められるのをあなたは眺め、立ちつくしていた。

何事も起こらないと彼らを信じようとした矢先である。弾けるように行動を起こしたのは若い田島孝介であった。彼らはすでに決めてあったのだろう、勢津子は一仙に、美穂は小村に、あなたは田島に、あっという間に組み敷かれた。

あなたは抗い、敵わないと知ると田島の腕に噛みついた。

激痛と大量の出血はあなたの本気の抵抗を悟らせたようだ。彼はあなたの背中から傷ついた腕を抜かないまま、しかし片方の手で布団を頭から被り、あなたを抱きしめたまま動かなくなった。

両隣ではさわさわと布団が擦れ人の蠢く淫靡な気配が続く。

勢津子と美穂の押し殺した鼻息と呻き声が切れ切れにあなたの躰を刺し、やがてすべての音が止んだが、田島はあなたを胸に抱えたままの姿勢を崩さない。

その胸に押し付けられて息苦しい鼻を呼吸をしやすいように僅かにずらせただけで、あなたも動かなかった。少しでも動けば田島が再び野獣の本能を剥き出しにするのではないかと恐れたからだ。

どろどろの疲労感に屈してうとうとした。

そのままの姿勢で朝を迎えた。まるで真正の恋人同士の彫像のように。

田島孝介から阿修羅像の絵葉書が届いたのは、それから三か月も経った、新学期が始まったばかりの頃である。

勢津子と美穂は否定したが、あの日の結末を約束した上で三人に合わせて由布を誘ったのではないかという疑問に、あなたは苦しんでいた。

その上に彼女たちによって生々しく知ることになった男を受け容れる女の肉体の反応への嫌悪感が、いっそうあなたを彼女たちから遠ざけ、女であるあなた自身をも拒絶する。

なおその上に彼ら画家たち三人が、その後もあの日の悪夢の最終章に収まりきらない重い高遠な余韻をあなたに留めていることに、あなたはどうしようもなく引き裂かれている。

そこへ届いた田島の絵葉書である。

あなたは破り捨てようとした。けれども破り捨てることが出来なかった。結局は何もせずあなたを抱きしめたまま石のように固まってしまった彼だけを、その腕の力と胸の温もりとともに、あなたは許していたのかも知れない。

――人は特に耐え難い哀しみの故にふとした間違いを起こすことがある。間違った行為。明らかに悪魔の領分だが、間違いを起こさなかった人を、神は人として認めるだろうか。

というわけで、僕の間違いをすみやかに開陳して貴女に謝りたいと思います。そして或るふとした悲しみの証としましょう。せめて貴女の甲状腺の辺りに怒りと快感の混然たるアルカイックな象形文字が消えてしまわぬうちに、

九月十日。五時。ユタで待っています。

モンドリアンカットを着た貴女を見てみたい。型紙、描いておきます。簡単です――。

あの一日の、いきなり雲の上の天空へあなたを招待すると見えた奥深く輝かしいデモーニッシュな言葉たちは、すでに警戒すべき気障な匂いに変わっている。

無論、あなたは行かなかった。モンドリアンカットの服も作らなかった。

そして暫く間を置いては次々と送られてくる田島の葉書や手紙を、あなたはしかし冷笑を込めて密かに楽しんだ。時々、あなたの躰が鮮やかに覚えている彼の力に満ちた腕や胸の熱さが、その冷笑を穏やかに甘やかな微笑に変えることがあっ

たとしても。

――ところで、新超現実派展でオブジェの課題が出た。曰く「殺人は可能か」。作品とともに同封の原稿を添えて出展しました。現物です。

貴女はいつか必ずユタに現れる。そして僕を殺す。待っている僕を、君は嘲笑うか――。

《これが昔、僕が死ぬほど好きだった、或る浮気女の乾首なのです。名は由布。僕が殺した。そう、僕がこの手で殺したんです。もし彼女がその辺りを歩いているとしたら、それは彼女の亡霊に違いありません。いや、きっと、人違いです。だって、僕が、この手で由布を殺したんですから。――未完の告白より》

作品の世界とも現実ともつかぬ彼の手紙に添えられた原稿の詞句を、あなたは忽《たちま》ち空んじた。そしてやはりそのまま放置した。

やがて新聞のコラム「美術展望」に伊藤一仙率いる一派が紹介解説されているのをあなたは見る。

《超現実主義の運動がすでに終息してしまったと早まった断定を下してはいけない。人類が理想郷に到達せぬ限りは超現実主義の主張は常に正しく、その運動は永遠に続けられなければならないのだ。――という勇ましい宣言文が現れた。新超現実派十一人の侍たちの結成宣言である。

前衛芸術の主流を抽象絵画に奪われて久しい。その巻き返しを目指すものとして注目されるが、日本におけるシュールレアリズム退潮の原因がどこにあったか、まずその分析から始めなければ、単なる亡霊の跋扈《ばっこ》に終わってしまうだろう》

あなたはコラムを切り抜き、しばらく見入ったのち、日記帳のその日の欄に貼り付けた。

虚しい闘いにまみれる野望と悲哀に彼らが本気で挑んでいるらしいことだけは分かった。すると、田島の発する禍々しく曲がりくねった華麗に過ぎる言葉の羅列にも、少なくとも彼の血の一滴はこもっているのだ。

けれどもそうであればあるほど、あなたと田島の間には渡ってはならない橋があるようである。

田島から果たし状にも似た勇み立った手紙を受け取ったのは、その年も終わりに近い、ちらちらと小雪の舞う日であった。

すでに大学のゼミも終了し冬季休暇に入っていたが、インド研究会で発行する研究会報の資料収集のために、あなたは帰省を遅らせていた。その心の奥にもう一つ帰省を躊躇う理由があることに、あなたは気づかない振りをしている。

――前略。君は、あのフランツ・シューベルトにまつわる甘い甘い伝説のように、僕の作品を永遠に〈未完成〉に終わらせるつもりか。僕にはそんなローマンティックなことはとても我慢出来ない。もっとも、今まで君が来なかったことについて、僕は勝手にローマンティックな筋書きを立てているのだから、実に僕らしくない話だ。

僕はただ、君の罪の、いや無罪についてのご託を、どうしても聴きたいのだ。僕の全官能を全開放して、全照応して。君の言葉を!!

君のたった一つの声を!!

さあ、来たまえ。

十二月二十七日、午後五時。初めて君を見た（心に）ユタにて。終電まで待っている。

今度ばかりは、ほんのちょっぴりでいい、僕の手伝いをしてくれたまえ。二十七日より遅くなってはもう間に合わない。つまり僕は次の出展作品に君を描くことに決めているのだ。そのこともう一つの用件であることを、お忘れなく――。苛立ちの見える居丈高な思い切り気障だと思うしかない手紙に、あなたはもう反発しなかったが、やはり応えることもしなかったのであった。

そしてその手紙に得心したかのように、何故か安心して帰省したのだった。

春が来て、あなたは二年生になった。まだ二十歳になるまでに数か月あった。

田島からの一方的な手紙は少し間遠になったが間断なくつづき、たちまちあなたは卒業の春を迎えた。

――今年の夏は展覧会が四つほどあり、毎日制作に励んでいます。ものすごく多忙です。追ってご案内差し上げますが。

ところでお元気のことと思います。昨年秋の展覧会、見て頂けなくて残念でした。

僕にとっては貴女ひとりのための展覧会でした。『グロッタ（洞穴）――聖女の棲家』と題する作品でした。

あの作品を真に解ってくれるのは貴女だけでしょう。

そしてそれから、僕は、自分の意思に反して聖女を主題とした作品が描けなくなってしまいました。今、悲しみを込めて、聖女の呪縛から逃れようと呪縛解きの呪文に関する作品を作っています。

毎日が小さくて黒々としています。黒々とした小さな時間が無理に繋がって僕を責め苛み、まるで昆虫恐怖の幻覚にも似て、僕はその中で頭を抱えうずくまって年を越しました。戦いながら。そして、ものすごく多忙です。

貴女はもう卒業ですね。これからどうされるのですか。無言のまま僕から去って行くのですか。

二月十三日、午後二時、ユタにて切にお逢いしたい。性懲りもなく、切に。今度こそ。

金曜日です。この日の我々に限り、ユタを「ユダ」と命名したく思います。その日まで聖女であってください。僕も哀しい悪魔、ピエロであるように努めます――。

打って変わって神妙な手紙が届いた。

あなたは田島の手紙を手にするたびに、あなたの耳にあの夜の田島の無言の荒々しい息遣いを聴いてきたのだった。そしてあなたの喉元に甦るのは、田島が苦しそうに吐きつづけた灼熱の湿った体温であった。

けれどもあなたはやはり出かけて行かなかった。

時代はいつだって自らその体内にクーデターや革命の波を胚胎して怪しく動いているが、その気分に放恣に敏感なのは学生の特権だ。あなたもその例にもれず、すでに信じることを放棄した自閉の日々を茫々と迎える学生の一人となっていたが、一方で、壁の穴から芥子粒のような目を光らせて覗いている鼠のように、息継ぐ間もなく出来《しゅったい》する時代のめくるめく証に心を奪われていた。

武装した学生のグループが日航機を乗っ取り、理想の国家形態と信奉する隣国へ脱出。ビートルズの分裂。ウーマンリブの大行進。そしてあなたの敬愛する作家が自衛隊の本部駐屯地で蜂起を促す演説をし割腹自殺を遂げた。同志の美青年が介錯して首を刎ねたという光景に、丼も鍋も要らないというカップヌードルの登場が重なり、グアム島のジャングルから一人の日本兵が発見された。ジャンプ陣の目覚ましい勝利のつづく冬季オリンピックの興奮と、浅間山荘に立てこもった連合赤軍と機動隊の銃撃戦をテレビ観戦する興奮。

田島の言う昆虫恐怖の幻覚はあなたのものでもあった。

世界は、時代の証たちは、田島たちの描き出そうとする超現実の作品を超えて、なお超現実に思える。

するとあなたは突然、田島に、あなたのあきれるばかりに超現実的な夢を賭けてみたくなったのだ。

彼ならその夢に、笑い飛ばすどころか面白がって一緒に手を取って乗ってくれそうな気がした。

田島孝介様。あなたは便箋を取り出しペンを持つと田島に呼びかけた。

――私は、その日、「ユダ」になることを恐れません。むしろ貴方と一緒にユダになりたいとさえ、今は思っているような気がします。

でも、裏切りというのは信じていてこそのことでしょう。まったく何も信じることが出来ない者に、裏切りなんて存在するのでしょうか。

私をユダにしたいとお望みなら、どうかまず私を信じさせてください。

そこで、私がいつも夢に描いている「約束」をしてくださいませんか。

その誰にも何の得にもならない馬鹿げた約束を本当に実行する人間がこの世にいるのかどうか、つまり約束を本当に信じることが出来るかどうか、私は貴方と私自身に賭けてみたいのです。貴方ばかりでなく私自身をも試してみたいのです。

だって自分自身が最も確かな証なのですから。

約束とはこうです。

十年後の、九月四日、午後九時四分、高田馬場駅で待ち合わせましょう。一時間を過ぎたらユタが在るかぎりはユタにて終電までは待つ、というものです。貴方らしく、いいえ私たちらしく、人の嫌う禍々しい数字ばかりにしました。約束を果たせなくて赦せるのは、それぞれお互いに死亡しているか病気か怪我で動けないかの、いずれかの事情の時だけです。そのほかはどんなことがあっても、地球上の何処にいても、必ず駆けつけること。

どうでしょうか。馬鹿馬鹿しいとお嗤いになりますか。そんな遊びに付き合ってなんかいられないよと怒りますか。十年なんて忘れてしまうよと仰いますか。

でも私は、人は信じることが出来る、約束を守ることが出来るということを、信じたいのです。

十年後、私は三十二歳になっています。その時お逢い出来なければ、次は四十二歳。それでも駄目だったら五十二歳。私は必ず参ります。でももうおばあさんで、せっかくユダになっても哀しいばかりですね。その時はただ抱きしめていてください。あの時のように。その次は——、私は生きているかしら。自信がありません。許してください。

考えてみれば、貴方とお逢いしたのはたった一度だけだったんですね。四年間、ずっとご一緒だったような気がしていました。

四年間も貴方をすっぽかしておいて、随分勝手な言い分ですが、お許しください。

ご返事、お待ちします——。

そうして二月十三日の金曜日が過ぎ、あなたは卒業式の日を迎えた。

その日、郵便受けに、煤を刷いたように薄黒く古ぼけた分厚い詩集が一冊、ぽつんと入っていた。あなたを描いたと思われる手描きの素描を絵にした、田島からの葉書が挟まれてあった。

——卒業、おめでとう。僕にはちっともめでたくはないが。

一番大事にしてきたウィリアム・ブレイクの詩集を、僕の悲劇のしるしに贈ります。

十年後の九月四日、九時四分を、決してお忘れなきよう。その日のことを生き甲斐に毎日を暮らしていく人間が世界に一人、いるのですから。

午後九時四分から終電まで、ですね。

人間はめざしの頭にもすべてを賭けることがある。すべてを賭けることが出来る。

僕にとっての今は、つまり過去でしかない。過去を丹念になぞって生きている哀しみとそれなりの安易さは、まったくどうにもならない。

必ず生きていてください。

高田馬場、ユタにて――。


黄色い壁にAMOREの文字が黒光りしている下では透明硝子の向こうで若い男女が数人、眩い蛍光の明るさに漂うようにゆらゆらと動き回っている。

あなたは、たった今、クリーム色の布貼りの庇の下に剥げかかったユタの金文字を置いているダークブラウンの硝子扉を開けて出てきたかのように、AMOREの前でしばらく佇んだ。

傍らにある自販機に千円札を入れてお茶を買い、ジャラジャラと音を立てて出てきた釣銭を財布に収めると蓋を取った。

信号機の色が何度も変わる。渡ろうとしてその度に一人取り残されるあなたを、しかし見咎める人はいない。あなたは、さっきあなたの横で若者がそうしたように、星が瞬きはじめた遥かな闇へ顔を仰向け、目を見開いたまま一気にお茶を飲み干した。

駅に戻ると、あなたは再び改札口の横手の柱の根元にボストンケースを下ろす。いきなり夥しい乗降客の行き交いがあなたの目を釘付けにさせる。しかし間もなく雑踏はうっすらとまばらになる。その規則正しい数分ごとの繰り返しに合わせて、あなたは躰を硬くし、緩め、呼吸を整える。

三十年だもの。あなたは呟く。

初めての約束の年、二十年前、あなたは約束の時間に三十分遅れた。

幼い子が高熱に病んでいた。無事を見極められなければ約束を破るほかないと、我が子をあやしながら即座に決めていた。相手が覚えているかどうかも怪しい言葉だけの約束を我が子の病と天秤にかける訳にいかないと、躊躇《ちゅうちょ》がなかった。

その朝、ようやく熱の下がった子を置いて、あなたは電車の中を駆けるようにして此処へ来た。そして此処にもユタにも田島の姿がないのを確かめると、それを願っていたかのように、電車に乗り東京駅へ引き返した。最終の特急電車に間に合うからだ。一刻も早く、熱をぶり返しているかも知れない幼い娘のもとへ帰ってやらなければと、あなたは思い続けていた。

それからまた十年、二回目の約束の年にはあなたの母親が死の床にあった。母の臨終もしくは葬儀が約束の日に重なるようなことになればやはり約束を破るよりほかないと、この時もあなたは迷うことなく決めていた。母は、あなたに贈り物をするかのように容態を持ち直し、あなたは此処に立つことが出来たが、状況を訊ねた公衆電話で急変を知らされた。終電車の時間まで数時間を残して、あなたは慌ただしくこの場を去ったのだった。

あなたは約束を果たしてきたのだろうか。

田島孝介はどうだったのだろうか。

あなたが遅れた時間、あなたが残した時間は、あなたが約束を守らなかった時間だ。けれどもあなたはその時間に救われていた。

その時間は、あなたが自分を好きになれるあなた自身への愛を証すものであったし、田島があなたと同じように少なくとも此処へは来ていたかも知れない可能性をまったくは否定出来ない希望を、あなたに残しているからだ。

五十二歳になったあなたは、初めて十分に状況を整えて準備をし、鏡の中にまだ微かに探すことの出来る三十年前のあなたの面影をモンドリアンカット風の芥子色のワンピースに包んで、約束の時間一杯をあなたの田島孝介と向かい合うために、三十分も早く此処へ来た。

すでにユタは消え失せ、彼も現れる筈もないと諦めているのだが、あなたはもうなりふり構わず人待ち顔に待って、「約束」を果たしたいと思っている。

売店が店じまいをすると、にわかにしんとなった。

替わりに周辺の車の音と人の声が濾過されたように鮮やかになった。森の奥の生きものの悲鳴にも雄叫びにも聞こえて、あなたの胸に響く。

「おねえさん、ほれ、一粒。口に放り込み」

ボストンケースに座り込んだあなたを具合が悪いのだと思ったのだろう、いきなり目の前に飴が差し出された。

酔っているらしい、薄汚れた紫色のTシャツをだぶつかせて赤銅色に日焼けした初老の男の体が揺れ、伸ばした腕も左右に揺れている。

あなたは一瞬戸惑ったが、微笑して掌を広げた。

「ありがとう」

「来ないんか、あんたの大事な人」

あなたはまた微笑して頷いた。

「そうかそうか、来ないんか。ま、そんなこともあるわさ。うん、そんなこともあるある、いっぱいある。だけどそのうちきっと来るよ。うん、きっと来る」

呂律のまわらない舌をまわして、男は鼻歌を歌うように同じ言葉を繰り返しながら去って行った。

あなたはセロファン紙を剥いて飴を口に放り込んだ。ミントの味がした。

時計を見た。

あなたは、約束の終電車の一本か二本、前の電車に乗るつもりでいる。

田島孝介がその残した時間には間に合って来たかも知れないという可能性を置いておくために。

桜かがよう声よ

――はるか遠くの静かな友よ
　　感じるがよい
お前の呼吸がまだ空間を
　　豊かにすることを――
〈リルケ『オルフォイスへのソネット』より〉

「ところでちょっとお伺いしますが、ニートって、本当はどういう人のことを言うんですか。圭二さんはニートなんでありますか」

　浮世離れしてもらっては困るよといつものように世間話を盛り沢山にしたあと、受話器を握りしめる手は汗ばんでいるのだが、愉快そうにふざけた調子で訊ねるふゆ子に、

「僕は違うよ。ニートってのは働きも学びもしていない連中のことを言うんだからさ」

　返事はすぐ返ってきたが、

「そうだなあ、だけど僕はもう、そのニートの仲間にも入れてもらえそうもないんだよなあ」

「えっ？　なに、それ」

「ニートってのはね、三十五歳までなんだってさ」

「三十五歳？　へええ、それじゃあ、三十五歳を過ぎたら何て言うの？」

「さあ、どう言うんだろうな。ただの、無職者、寄生虫、ってことかな」

ふゆ子は一瞬、押し黙る。

次男の圭二の胸に底無しの穴があいている。穴がどんどん大きくなる。それを見て見ぬふりをしている母親の応答をどうしたものか。

仕方なく笑うことにする。

「あはは。そうですか、いよいよニートにも見放されちゃいましたか——。それはお気の毒さま」

「まあね。申し訳ないね」

「どういたしまして。こちらこそ」

本当は脚が震えているのだ。

けれども同時に、ふゆ子の目は目の前にある時計を睨んでいる。

「ごめん、おじいちゃんの目薬の時間だから――。今日は好江さんお休みだから
ね、切るよ」

「おじいちゃんの目、やっぱり進んでるの？」

「―― みたい」

「それにしても相変わらずすごいボリュームだね、ＢＧＭ」

「ああ、テレビ？　聞こえてるんだ」

「聞こえてる聞こえてる。朝から晩までそれで、おかあさん、よく気が変になら
ないね。おじいちゃん、耳は大丈夫なんやろ？」

「うん、まあね。でもやっぱり遠くなっているのよ、どんどん大きくなるわ。さ
すがに、おかあさん ――」

で、止めた。

「じゃあね ――」

受話器を置こうとして、

「大丈夫？　―― 持つ？」

圭二を呼び止める。

「――まあね、持たなきゃしょうがないだろ」

いつものことだが、このお互いの一瞬の間にぶら下がっている。

いつ切られるか分からない延命措置がとりあえず繫がったような、先行きの不安な束の間の安堵だ。圭二も同じように感じているに違いない。

居間に行くと、正太郎は炬燵の布団に肩を埋めて炬燵板すれすれに顔を伏せていた。

額も鼻も板にくっつくかくっつかないかで、ほんの僅かな間隔をおいてぴたりと止まっている。

「おじいちゃん、首がいたくない？　目薬の時間ですよ」

「圭二からやったんか」

「ええ、元気でしたよ。おじいちゃんによろしく、って」

「頑張っとるんやな」

「来年こそはきっと、ですって」

ベッド脇の棚に並べている正太郎の日用品の数々は、今ではもう立派に介護用品と言っていい。そのいちいちに、ふゆ子と家政婦協会から派遣してもらっている好江の手が要るからだ。

その最前線に赤と白のキャップの二つの目薬を並べている。もともと角膜が異常に厚く強度の近視の正太郎の目には気休めでしかないが、四時間ごとに差さなければならない。白いのはカリーユニ点眼液、老人性白内障治療点眼液とある。赤いのはサンコバ点眼液、調節機能改善点眼液である。言ってみればただの目薬だ。白い方を先に、五分ほどあとに赤い方を差す。

目をつむって仰向く正太郎の顔は、昼間も点けっぱなしの蛍光灯の霧のような光を浴びて、あどけない幼児のようにぽかんと口が空く。

左右の瞼を剥いて一滴ずつ。どうしても垂れてしまう滴をティッシュで拭う。

「なんで論文になると駄目なんやろなあ」

姿勢を直しながら正太郎が独り言のように呟く。

「ほんとにねえ。一次試験と違って二次は倍率、たったの四倍だけというのにねえ。いっそのこと一次が受かっていなければ諦めがつくんですけど。なまじ受かるばっかりにどうしようもなくなっちゃうんですよねえ。それも三度もですよ、三度。続けて三度。国の最難関の試験ですもん、一次にせよ三年続けて受かるというのは並大抵のことじゃないんだから、そういう特典があってもよさそうに思っちゃいますけど。どうして論文が駄目なのかしら。圭二、人生の元気な時の半分が過ぎちゃうというのに」

　言い足りない。さっき圭二に言えなかった分の、これでも何十分の一かだ。

「まあ、二次は落とすことが目的なんやろ」

　正太郎は孫の圭二に自分の余命を託しているのだ。あきれるほど現実主義の正太郎が、この孫の受験暮らしを気長に喜んでいる。

　三十歳を過ぎて、やっぱり法律の仕事をしたいと圭二が言いだしたとき、ふゆ子と武彦に当然の複雑な親の思惑を簡単に超えさせたのは、わしは本当は判事か弁護士になりたかったんじゃ、圭二がわしの望みを叶えてくれるんやな、という正太郎の思いがけない一言であった。

　法的な登記手続き一切を代行する暮らしの中の法律実務家として、司法書士の仕事を天性の職業と満足しきっているように見えていた正太郎が、貧しい時代の若い時の夢を忘れていなかったことに、そして孫の人生を左右する重大な場面でそれを口にしたことに、息子の武彦は驚いた。そんなロマンチックな男だったとはなと、感動の面持ちで言った。

そういえば親父、ずっと事務所で判例事典を取り寄せて読んどった。僕はてっきり仕事上必要な参考書だからとばかり思って見てたけど、親父、若い頃の死ぬほどの勉強を懐かしんでもいたんやな。

息子の武彦が事務所を引き継ぎ、孫の健一も一緒に仕事をしている。嫁のふゆ子は経理を受け持っている。三人の娘たちはそれぞれにそれなりの家庭を持っている。数年前に妻を亡くしたことを除けば、正太郎はけっこう幸せな老人なのだ。

頑健な体躯に恵まれている正太郎であったが、次第に視力が落ちて書類を作るには不安が多くなり、足元も覚束なくなった。八十五歳を機に事務所に通うことをやめたが、九十歳を目前にしている今も近所や知人の揉めごとなど頼みごとの相談に乗る頼り甲斐のある仕事師である。武彦と健一が手を焼く土地の境界を巡るしつこい感情的な争いなどは、業界最古参の経験と長老の貫録で、当事者同士が正太郎の顔を立てて譲り合い見事に解決に至ることだってあるのだ。

独学で裁判所の書記登用試験に合格した正太郎は、その苦学の頃をふと口にすることがある。

それこそ六法全書を一枚一枚ちぎって飲み込むような勉強したで。仙台で試験を受けたんやが、真冬やった、飲まず食わずで汽車を乗り継いで夜遅くたどり着いてなあ。世話になった林さんの家でありついた熱い湯気の立ったキツネうどんの味、今でも忘れられん。

それから神戸裁判所で書記官を務めていた正太郎は、判事任官を志す同僚数人と勉強会を持っていた。

時代は戦争へ戦争へと向かう昭和の初期や。張作霖爆死に絡む陸軍省某重大事件からやな、尾崎なにがしとかいう東京裁判所判事を中心とする反政府グループ活動を取締り始めた。その取締りに引っかかった。勉強会はよからぬことを企んでいる集まりと見なされたんや。まあわしたちは裁判所を依願免官ということで済んだんやが、その後はてんでばらばら、仲間はみんなどうなったんやろなあ。

ともかくもわしは、それからまた独学や。暮らしを立てるために先ずは司法書士の資格を取ることにしてな。

強度の近眼と重症の脚気のために徴兵を免れた正太郎は、それほどまでにして得た司法書士の資格を、今ではとても許されないことだが、戦地で銃弾を受け腹に数発の弾を持ったまま帰還した弟に貸して、もともとの家業の鍛冶屋関連の会社を興したりした。それはそれで戦後のカネヘン景気があったりなどして満更でもなかったのだが。

武彦の大学卒業を待って父子で司法書士事務所を開業した。すでに五十に近い歳になっていた。所長としての給料がようやく五十万になると、市長の給料と同じじゃと無邪気に喜んだ。

小学校時代、同級生であった市長とは一、二を争う成績やった、片や教育一家に育った市長は当時の県立中学へ進学してそのまますいすいと帝国大学へ進んだんやが、正太郎さは鍛冶屋の子とて中学なんぞへはやらせてもらえんかった、悔しかったろうなあ、儂《わし》らは心底惜しんだもんやと、同じ同級生であった寺の住職は言った。

「わし、なあ――」

何でもない独り言のように、しかしいつもと違う余韻を曳いて正太郎が呟いた。はい、とふゆ子は部屋を出かかった足を止めた。

「わし、なあ、さっきから急に目の前が暗うてな」

「おじいちゃん、まさか――」

「いんや、うすぼんやりとは見えるんやがな。何か塊があるなくらいは、な。けどそれが色がないんや。みんな黒いんや」

「光を感じないということ？」

「ん、そうやな。夕闇の中にいるようや。あんたも形しか分からん」

正太郎の入院はその日のうちであった。

網膜が剥がれかかっていた。本格的な手術は高齢から考えものであるが、ガスを吹きつけて接着が叶えば、とりあえずは完全な失明を免れることが出来るかも知れないという。施術は短時間で済むが、しかし術後は三週間、顔を伏せたまま俯《うつぶ》せ寝で動いてはならないという。

それがちょっと大変ですがねと、眼科医は言った。

手当ては一刻も早い方がいいのだ。ところが血圧の数値が跳ね上がっていた。

「普段からこんなに高いんですか」

「いいえ、本態性高血圧だとは言われていますが、お薬も何も。食養生で用心しております」

「ほう、お元気だったんですねえ。ですが今日は、お歳にしても高すぎます。一八〇ですからねえ。まあ白衣症候群かも知れませんが。いずれにしても血圧を安定させてからでなければ目の治療は出来ません。手術はそれからということにしましょう」

背中に手をまわしたふゆ子の腕の中で、大きな丸い躰を縮めて子供のようにすくんでいる正太郎を、医師はカルテに書き込んでいる手を止めてしばらく眺めた。

「入院は初めてなもんですから。きっと、その緊張のせいです。落ち着いたら、すぐに下がると思います」

庇うようにふゆ子は言った。

六人部屋の廊下側のベッドに正太郎の名札が掛けられた。

引きまわされている黄色いカーテンを分けて自分の領域に入ると、正太郎は指示されるまでもなくすぐさま病衣に着替えベッドに横たわった。

布団を肩まで掻きあげ、真っ直ぐ仰向けた顔は目を閉じたまま動かない。ふゆ子の問いかけにも唇をわずかに動かし微かな声を洩らすだけである。

正太郎の気持ちはすっかり重病人なのだ。動揺は収まるどころか取り留めもなく増していくようであった。

血圧降下剤も効く気配がなかった。

ついに二四〇を数える。異常な脈拍の速さにも医師は首を傾げた。

夕方、仕事を終えて立ち寄る武彦と孫の健一に、わしはもう目が見えんでもいいんやと俄かに力強い声で訴える正太郎に、

「何言うんや。まったく見えんのと少しでも見えるんとじゃあ大違いやで。まだまだ生きるんやろ。生涯現役や、一〇〇歳まで生きるんやて、いつも言ってたやないか」

「目が見えんかったら、今よりもっと歩けなくなってしまうがな。脚が弱ってしまったらそれこそおしまいや。長生き出来るもんも出来なくなってしまうやないか」

「まだみんな頼りにしてるんや。頑張ってくれんと」

「手術いうてもな、目に何か吹きつけるだけの、あっという間の処置だそうや。怖

いことも心配することも何も無いんやで」

かわるがわる励ます二人に押し黙っている。

「おじいちゃん、怖いんか。怖くなんかないよなあ。そんな意気地なしやないもんなあ」

溜息をついて健一が言うのへ、ふと梯子を外すように、

「わしはいつも仰向けに寝とってなあ、俯せになんぞ寝たことないんや。三週間俯せなんて、とても無理や」

正太郎が言った。

「なんだ、そんなこと心配しとったんか」

「そうやなあ、おじいちゃん、でっかい腹やもんなあ。つかえるわなあ」

「まあそこは何とか工夫するさ。先生にもお願いしとくがな」

二人は笑いながら安心して帰って行く。

そういえば正太郎の俯せに寝ている姿は見たことがなかった。武彦も健一も軽く考えているが、正太郎にとっては確かに重大な問題に違いなかった。

家から通う分には注射も点滴も平気な正太郎が、ただ入院をしたというだけで、

自分の終末を予想し怖気づいている。その上、大きな太鼓腹を圧迫する俯せ寝の苦痛に耐えなければならないとは、想像するだけで血圧が上がり脈拍も速くなるというものだろう。しかもその色白の輝くばかりの太鼓腹には正太郎自慢の巨大な出臍が鎮座しているのだった。

「お腹もだけど、もしかしたらお臍が擦れるから、おじいちゃん、俯せでは寝られないのかもね。お臍に悪いとか言って、ズボンのバンド、昔からお臍の下に締めているもの。だからいつもズボンの裾引きずって」

「そうですよそうですよ、きっと。あれだけ大きいんやもの、俯せしたら大変やわ」

家政婦歴が長いという好江はどんなことにも間髪を容れず滑るように相槌を打つ。

「おじいちゃんにとっては守り神なのよ、あのお臍」

ふゆ子は正太郎の太鼓腹を嵌めるタイヤのような輪っかを頭に浮かべ、ついでに顔を嵌める輪のことも考える。

こんな時、圭二がいたら、すぐ走りまわってアイデア満点の何か適当な物を探してきてくれるに違いなかった。その圭二には正太郎の入院をまだ知らせていない。

圭二の「僕も頑張るからおじいちゃんも頑張って」の一言で、正太郎は気力を振りしぼり勇気を出すだろう。

しかしそれを圭二に言わせる哀しさが、圭二のためにも正太郎のためにも、ふゆ子を躊躇わせている。

もう本来の手術は無理であった。血圧と脈拍が僅かにも好転したところで、とりあえず剥がれかかっている網膜に空気を吹きつけるだけの措置を施すことになった。

着替えを取りに帰宅すると、電話が鳴り続けている。

「八木沢さまでいらっしゃいますか」

営業用の物馴れた甲高い声であった。

「はい、八木沢でございます」

「こちらはブティック・モアでございます。いつもお引き立てにあずかりまして有難うございます」

「――モアさん？」

「はい、モアでございます。先日はまたお買い上げ下さいまして有難うございます。本日お引き落としをさせていただきましたので、お礼かたがたご報告させていただきます」

「あの、何を買ったんでしょうか」

「はい、あの、ワンピースコートを――。あの、あの時の方と違うんでしょうか、おじいさまとご一緒に来られた――」

受話器の向こうがざわついた。

「銀行ですね？　口座の名義は確かに八木沢正太郎なんですね？」

「はいそうです。八木沢さまです。あの、お宅さまは？」

「息子の嫁です」

「それでは、あの方は――」

「小柄でぽっちゃりの笑顔のいい人ですよね？　それで、そのワンピースコート、お幾らだったんでしょう」

相手は言いよどんだが、しょせんトラブルは客の方の事情である。

「十六万八千円でございます」

きっぱりと返事が返った。

わしは花も人形も嫌いじゃと言い、殺風景なほど余分なものを削ぎ落として揺るぎない日常の中に端然と居るかに見えていた正太郎が、好江が付き添う整骨院かクリニックの帰りだろう、彼女に法外に高額な服を買ってやっていたのだ。電話の様子では一度や二度ではなさそうだ。

何食わぬ顔の好江の鼻にかかった甘ったるい声音がにわかにふゆ子の耳に突き刺さる。

躰の衰えはあっても頭の老化はないものと、妻に先立たれた寂しさも口にしない正太郎の精神の強靭さを、ふゆ子たちは疑いもしなかったのだが、やはり正太郎の老いは切羽詰まっているのだ。傍に寄り添ってくれる者でさえあれば誰にでも縋りたくなっているのだろう。

老いに追い立てられて自分でも知らずに上げているに違いない正太郎の悲鳴を、ふゆ子は聴く。

正太郎が俯せ寝を強いられる少なくとも二十日間は昼夜を付き添わなければな

らない。好江は必要であった。その好江に電話の件を言えないままに、ふゆ子は胸にしまいこんだ。

正太郎は眉毛を剃られ睫毛を切られた。また血圧が上がったが、そのまま手術室へ運ばれて行った。

東京から圭二が飛んで来た。

髪をオールバックに後ろでくくっている。髭の伸びた顎には薄汚れた白い襟が立っている。夏物だ。よれよれの革ジャンだけが冬らしい衣服だ。

「寒くないの？」

ふゆ子は大仰に額に手をかざして眺め、おどける。

「なんて恰好でありますか、なんだか人相まで悪く見えますが」

「もともとだろ」

「いいえ、わたくしの息子はもっと人相が良《い》いはずでございます」

傍にいるだけで心が温もる。

三十六歳にもなるもう立派に大人の男をつかまえて、もう少し言いようはないものか。真面目な挨拶をすると、その圭二の優しさの裡に潜んでいるどうしようもない闇の扉を開けてしまうような気がする。

　圭二は目を眇めてふゆ子を見下ろした。

「おじいちゃん、大丈夫なんやろ？」

「大丈夫よ。手術といっても、簡単なことしか出来なくなっちゃったから、二十分ぐらいで済むそうよ。ほんとにタイミングよく間に合ったわね」

「僕の勘はいいんだ」

「もうじきお父さんも健一も来るわ。聡子さんも、あっちゃんも。美沙叔母さんも、きっと」

「美沙叔母さんも？　やっぱり一応手術となると大変なんだ」

「そうよ、それに何といってもおじいちゃん、歳だもの。一番近いところの娘ぐらいには知らせておかなくちゃ。しかも、おじいちゃん、初めての入院ですっかり怖気づいてしまっているの」

　少し変なの、困っているの、と言おうとして呑みこんだ。殊に圭二には知られてはいけないのだ。

「僕はおじいちゃんの無事な顔を見たらすぐ帰るからね」

来たばかりだというのに、圭二が言う。

にべもないその一言にも、引きとめる言葉を呑みこみ頷いた。

圭二は正太郎を元気づけるためだけに帰って来たのだ。武彦にも健一にも、まして兄嫁の聡子や叔母たちには、会いたくないのだ。というよりも合わせる顔がないのだ。そんなことは気にしなくていいのよ、堂々としていればいいのよと、ふゆ子の言うことはいつもそれしかない。しかし圭二になり代わって、ふゆ子自身、彼らに何食わぬ顔をするのにかなり無理をしている。

圭二は働きながら勉強をすると言ったのだ。

そうさせなかったのは正太郎と武彦とふゆ子だ。圭二ならしっかり勉強に没頭すれば二、三年の内には合格するだろうと信じて疑わなかった。多少のアルバイトをするにしても、圭二の受験暮らしは結果的に八木沢事務所からの送金で成り立ってきたのである。すでに五年が過ぎようとしている。年ごとの不合格の落胆よりも、三十を過ぎて実家に依存する重圧が圭二を追い詰めている。

圭二の主張が正しかったのだろう。働きながらの方が圭二は屈託なく自分を信じることが出来、いい結果を出すことが出来ていたに違いないと思うことが、ふゆ子を苦しめる。ただの無職者、寄生虫、と空笑いしている圭二の自嘲が、ふゆ子にずっしりとのしかかっている。

　圭二から自信が失われてゆく。能力の限界にではなく、人生の在り方、時間の限界、にだ。独り立っていない屈辱に、だ。三十六歳の男が、定職を持たず、妻子も家庭も持たず、恋人もいない。友人も遠ざけ、世間からはみ出ている。求めているものにもうちょっとで手の届くところにいるばかりに、虚しく宙吊りになっている。

　よく持っていると、ふゆ子は珍種を眺める思いで圭二の顔をいつも盗み見る。すぐ帰ると言う圭二に、そうね、と応える。

「おじいちゃん、圭二の顔見たら元気が出過ぎてまた血圧上がっちゃうもんね。早く帰った方がいいかもね」

「うん」

「でも圭二だって、おじいちゃんの顔見たら元気が出るでしょ？」

　つい、言った。

「そうだね、出さなきゃ、ね」

答えが曖昧になる。

三人の看護師に囲まれて、ストレッチャーに腹這いになった正太郎が病室に戻って来た。

看護師たちは声をかけ合いながら正太郎をベッドへ移しにかかったが、彼女たちの激励と指示も虚しく手足をだらりとさせたままの腑抜けた大きな躰の重量は、患者の扱いに慣れている彼女たちでさえも手に負えなかった。

圭二が手伝った。

「圭二かあ、来てくれたんやな」

看護師たちが立ち去ると、枕を胸に当てがわれて額を布団に埋めた息の下から、くぐもった声で、突然息を吹き返したように正太郎が言った。

「うん、来たで」

「いつまでこっちにおるんや」

「すぐ帰るよ」

「頑張っとるんやな」

「うん、おじいちゃんも頑張って」

「ああ、大丈夫や」

圭二と入れ違いに武彦と健一がやって来た。

「圭二は？」

「もう帰ったわ。明日のゼミ、休みたくないからって」

「逃げたな、あいつ」

ぶぜんとして健一が言った。

術後の医師の説明によると、正太郎の怯え方がひどく、結局、ガスの吹きつけは最後までやり通すことが出来ていなかった。

しかし運が良ければ、やっただけの効果は期待出来るという。

「出来るだけ早くもう一度やった方がいいと思いますが、まあ様子を見てみましょう。本人には途中で止めたことは伝えていません。それは落ち着かれた後のことに。いずれにしても膜が脱落してしまったらお終いです。折角もう少し見えているものを、このまま失明では勿体ないですからね。歳をとられてから失明すると、それから長生きする人はまずいません。生きる気力を失ってしまうからでしょう」

医師は初診で言ったことを繰り返した。

泰然として剛毅に見えていた正太郎の思ってもみなかった小心である。ひしゃげた蛙のように潰れている。

好江がタオルを二本合わせて捩り、顔を嵌める輪っかを作った。

「これが一番いいんやわ。先輩から教えてもろてん」

ふゆ子が走りまわって取り揃えた、知恵を絞ったつもりの大小のビニールの浮輪や腰布団などは不要になった。顔も腹もタオルやバスタオルで事足りた。

「わたし、年寄りばっかり世話してきたもんで。みんなに喜んでもろて」

好江の口癖に、ふゆ子の胸に張り付いている電話の一件が音を立てて疼く。しかし事務所の経理を担ってもいるふゆ子は好江を必要としていた。

「おじいちゃんも好江さんを気に入っているわ。こんな時はそれが何より一番。頼むわね」

何食わぬ顔をして好江におもねってみせる自分がひどく底意地悪く思える。

今は好江を頼りにするほかないのだ。武彦と健一には仕事をしてもらわなければならない。聡子はまだ幼い亜由から離れられない。時間的には融通は利くがふゆ子の経理の仕事も手を抜くことは出来ない。

　正太郎は瀕死の重病人になりきっていた。

「八木沢さん、駄目じゃないですか。躰が悪いんじゃないんだから、顔さえ俯けていれば、起きていていいんですよ。散歩もしなきゃ。目がよくなっても、動けなくなっていたんじゃ困るでしょ」

　看護師長がときどきやって来ては叱咤するが、正太郎の力は抜けたままだ。それでも排泄だけはトイレでしようとする。

　自分の躰にじっと神経を尖らせているのだろう。少しでも尿意を感じると、小便や、と言う。

　正太郎よりも症状が重いらしい同部屋の患者たちに付き添いはなかった。症状の最も軽いはずの正太郎だけが完全看護の固い決まりをはずされている。正太郎の異常なまでの動揺は病院側にとっても困惑きわまりない事態なのだ。

　夜は冷えた。正太郎のベッドの傍らに持ち込んだ毛布を重ねて敷き、ふゆ子と好江は防寒着を着たままの体を丸めて横になる。

　呼び鈴の代わりに正太郎の手首に巻いた紐の端を、交替して手首に巻く。紐を引っ張られれば手首を抜いて起き、寝静まった深夜の作業を声を立てずに粛々と行う。

手術が最後まで行われなかったことを正太郎に伝えた日の深夜、正太郎の身じろぎで起きたふゆ子は、朦朧としながらふと見ると紐は好江の手首に巻かれていた。

すると好江の番なのだ。

ズーズーと荒い鼾をかいていた好江がむっくり起き上がった。

「ごめんごめん、寝とったね。まあたおしっこ?」

もごもごと呟きながら、ペンライトをかざして時計を見る。

「まだ十六分しか経っていないやん。おしっこ、したいような気イがするだけやねん。さっきも出えへんかったやろ。ちょっとは辛抱せな。な、ふゆ子さんもわたしも寝られへんのやで」

あやすように言って聞かせながら、トイレへ連れて行く。

戻ってくると、

「やっぱり出えへんかったやろ。こんなに頻繁に起きとったら、あんたかて眠れへんやんか。大丈夫やからな、もう安心して寝るんやで」

　年寄りの扱いに物馴れた好江があやつる言葉とその抑揚の巧みさに、ふゆ子はうつつの中で感嘆する。その裡にもブティック・モアからの電話の一件がからみついてくる。

　好江はすぐに寝入ることにも慣れていた。続きのように、しかしくたびれきっている不規則な吠えるような鼻息を立て始める。

　また紐が引っ張られた。

　今度こそは出るだろう、しっかり放尿させてやらなくてはならない。ふゆ子は手首から紐の輪をはずして起きあがった。

「はい、おじいちゃん、行こ」

　上がりかかる頭を何度も押さえ下を向かせながら、スリッパを履かせ、腕を抱える。

　廊下の向こう側がトイレだ。

　静まり返る深夜の病棟は、心臓の鼓動や動脈の脈拍がその孤独な囁きを交わし合って騒いでいるような怪しいざわめきが、冷え切っている薄明りを揺らしている。

隣の病室の老婆が尿袋を引きずってトイレから出てきた。

「これ、どないしたらええんやろなあ」

「おばあちゃん、それ、自分でいじったら駄目ですよ。看護師さんに言ってね」

「看護師さん?」

「ベッドに戻って、ブザー、押してね。わたしが呼んであげられたらいいんだけど、ご免なさい、今、手が離せないわ」

なんや、と正太郎が訊く。

「あのおばあちゃん、ちょっと呆《ぼう》じてるみたい。よくああやって夜中にうろうろしてるの」

正太郎がついに自分以外の事に関心を示したのだ。ふゆ子は抱え込んだ腕に力を込めた。

しかしそれは束の間の安心であった。

「はい、もっと前に進んで」

トイレに向かい病衣の前をはだけると、ふゆ子は正太郎の脚を一歩前に進ませた。

「もういいですよ。大丈夫、ほら、して」

後ろにまわり抱きかかえる。

しかし正太郎は固まったまま肩を震わせている。

「どうしたの、おじいちゃん。出るはずよ、さっきも、その前も、していないいんだもの」

「出ないんや」

突然、正太郎は憤怒の声を上げた。

「ふゆ子さん、引っ張ってくれんか。引っ張って出してくれんか」

ふゆ子の手を摑んで前へ持っていく。

ふゆ子が意味を解るまで、正太郎は幼児のごとく地団太を踏み呻いた。

すっかり縮んで萎びた睾丸が木の葉のように股間に張り付いていた。

「分かった、分かった、おじいちゃん。これじゃあ、おしっこ出ないもんね。苦しいよね」

手さぐりでまさぐりまさぐり、正太郎の恐怖と哀しみの塊を引っ張り出した。

ふと圭二の顔が浮かぶ。こうなるまでに、圭二の人生の時間はどれだけ残っているのだろう。

病室にもどると好江が起きていた。

「出たん？」

「たくさん」

とだけ答えた。

いま正太郎にしてきたことを好江もしているのかも知れない。ブティック・モアの一件が棘のように胸に突き刺さってくる。

正太郎は久しぶりによく眠り、翌朝は血圧が正常に近くなっていた。

回診にやって来た医師は脈をとり、にっこりした。

「ちょっと落ち着かれたようですね。明日にでももう一度やりましょうかね、一刻も早い方がいいですから」

「ちゃんと見えるようになるんやな」

正太郎が初めて医師に口を利いた。若い医師に対する鷹揚な大人の口調であった。

「そうですね、これまで見えていたぐらいまでには——。うまく膜がくっついてのことですが。好運であれば、そのままいけるかも知れません。あくまでも幸運であれば、ということです。八木沢さんは殊に角膜が厚く肥大していますからね、いずれまた剥離を起こして失明することも考えておいていただかなければ。ともかく今回の措置は、何度も申し上げているように応急手当でしかありませんから」

「もういくらも生きないんやから、その間持ってくれればいいということやな」

「何おっしゃっているんですか。八木沢さんは躰はお丈夫なんですよ。まだまだお元気に生きられますよ。ですから本格的な手術をされる方が本当はいいんです」

その本格的な施術を、医師もふゆ子たちも今はすっかり諦めているが、にわかに本来の平静を取り戻しつつあるかに見える正太郎なら明日にでもその気になることもありそうな気がした。

あらためて措置を施すために、その介護の日数に備えなければならない。

好江は一日の休みを取り、ふゆ子は経理の仕事のために事務所へ出た。

ようやく明るい展望が開けるかに思えた事態は、しかし好江とふゆ子が付き添いを離れていた間に一変していた。

正太郎は再度の措置を拒否したのだ。またどうしようもない怯懦な重病人に戻っていた。

家へ連れて帰ってくれと言い張る。

「わし、なあ、もうええんや。この歳で手術なんぞ無理や。目ぇ見えんでも、耳はよう聴こえるがな」

「どうしてそんなにまた急に気が変わってしまったの？　何か、あったの？　明日の措置のこと、出来るようになってよかったよかったって、武彦さんも健一もとても喜んでいるのに。圭二だって――。圭二のためにも、おじいちゃん、頑張ってくれなくちゃ」

つい圭二の名を口にする。

「圭二になあ、圭二になあ、――」

正太郎にどんな言葉も見つかる筈はないのだ。

正太郎の背中を摩りながら、よく考えようね、よく考えようね、としか言えない。

正太郎は今、もっと生きようとするか、もういいと思うかの、どちらかを選択しようとしているのだ。この騒ぎはそのきっかけに過ぎないのかも知れない。その思いの中に圭二の行く先も入っているのだろうか。

こんな時、圭二に巫山戯《ふざけ》るように巫山戯ることが出来たらどんなにいいだろう。

言葉を失くしていると、引きまわしているカーテンが揺れ、見慣れている顔が覗いた。隣《とな》りのベッドに毎日通ってくる女性であった。

ふゆ子を手招きして廊下に出た。

「お話ししようかどうしようか、迷いましたんですけど、今ついお聞きしていて、やっぱりたまらなくなって。わたしも同じような立場だもんですから――」

「ごめんなさい、お聞き苦しいことになって」

「いいえ、違うんですよ。実はね、お二人がお留守の間に、娘さんかと思うんですけど、来られましてね」

彼女の言おうとしていることが、もう言われるまでもなくふゆ子には分かった。

正太郎の心変わりの原因である。

「いくらなんでもねえ。いつ死ぬか分からんような歳になって、なんてねえ。手術なんかせんでもええ、って。二週間も三週間もお父ちゃんに俯せ寝なんか出来っこない、そんなことしたら、明日にでも死んでしまう、って」

太い青筋の立つ手の甲をしきりに摩りながら、彼女の顔は次第に赤くなった。せっかく平静を取り戻し、もう一度確かな目の回復に挑戦しようとしていた正太郎が、一変してガス容れの措置を拒んでいる。美沙の一言が正太郎の気持ちを変え揺るがないものにしてしまったのだ。

　武彦と健一が駆けつけた。なだめたりすかしたり励ましたり根を尽くして説得したが、結局、娘の進言には叶わなかった。憤り悔しがる二人を、ふゆ子はぼんやり眺めていた。

　圭二は正太郎の撤退をどう思うだろう。意気地が無いと考えるだろうか。潔いと考えるだろうか。そのどちらとも思わず、いいさ、おじいちゃんの気が済むようにすれば、とあっさり言うだろうか。一緒に暮らして一緒に仕事をしてきた武彦と健一の思いは、そしてふゆ子の思いも深いが、圭二にしても、自身に重ね合わせて複雑な無念を思うに違いなかった。

　正太郎の退院を知らせると、圭二は、やっぱりなあ、そんな気がしてたんや、と言った。

「どうして？」

「どうして、って言われてもなあ。そんな気がしたとしか言えないさ」

「でも、どうして？」

「いやにしつこいね。だってさ、僕が頑張ってって言ったら、おじいちゃん、大丈夫って言っただろ。あれ、僕には、大丈夫じゃないって聞こえたんだ、僕にはね」

「あらそうでございますか。実はわたくしもそのように聴いたような気がしていたのでございます」

うまく道化たつもりが、声が上ずった。

圭二が、大丈夫ではないと聴いたとすれば、それが今の圭二自身の心境なのだ。ふゆ子は、いつからか圭二のどんな言葉も聞き逃さず、風に耳を澄ますように、海に目を凝らすように、おろそかに出来なくなっている。それを悟られまいとして笑っている。

しかし圭二が大丈夫だと言っているかぎりは、大丈夫だと信じてやりたい。それがふゆ子の圭二を信じるということであった。

正太郎は運がいいのかも知れない。中途半端な施術で終わったが、膜は、木にちらほら残る枯葉のようになんとかくっついているようだ。病院にいる間、あれほど不安定に暴騰していた血圧も、退院すると何事も無かったかのように下がり、以前の日常が戻った。

年が変わっても正太郎の目はまだ見えていた。

ふゆ子が、わしは花も人形も嫌いじゃと言う正太郎に満開の桜を見せたいと思うようになったのは、いつの頃からだろう。

それは圭二がいつか堂々と社会へ踏み出すはずの季節でもあった。その時正太郎は、「嫌いじゃ」と言うのも忘れて満面に笑みを浮かべ、圭二と肩を並べて空いっぱいに照り映える桜に見惚れるだろう。そして遥か彼方に遠のく青春に沈めた夢の続きを見る筈であった。

いつ離れ落ちるとも知れない枯葉となった網膜には、正太郎自身に重ねて圭二が映っているのだ。その網膜に、ついに圭二の飛翔を映すことは間に合いそうもないが、せめて光かがよう満開の桜を焼き付けたい。もうはっきりは見えないにしても、溢れる香ぐわしい花明りは正太郎の夢を無惨には散らさないだろう。

ふゆ子は春を待った。

絶好の花日和であった。聡子と亜由も一緒に好江も同伴して、正太郎を車に乗せた。

五歳になっている亜由は長い髪をポニーテールにくくり、三日月のまわりに沢山の星がきらめくスニーカーを履いた足をぶらぶらさせながら、憶えているかぎりの唄を歌う。

ふゆ子たちも声を合わせる。

「テレビのお兄さんの歌なんて、フユコサン、歌えないわ」

というふゆ子であるが、

「じゃあね、今度はアンパンマンの唄。それからクレヨンしんちゃんの唄」

聡子が次々に亜由をリードする。

「好江さん、ときどき歌ってるじゃない、歌ってよ」

「あたしは演歌しか歌えへん」

「演歌もいいじゃない。わたしもこの頃、演歌が好きになって来たわ。そうだ、車中カラオケ大会といこ」

亜由がパチパチと手を叩いた。

好江への屈折した複雑な思いをふゆ子は自分だけに留めている。

運転しながらフロントミラーを覗く。唄など歌ったことのない正太郎の楽しそうな顔を見るためである。それから顔色を窺うためだ。

「今日は何処へ行くんや」

正太郎が訊く。

「さくら。桜を見に行くの」

「さくら、かあ――」

そのまま黙った。

城下の桜の下は観光客や野外宴会組で溢れている。車は停められそうにない。

「お城の桜は車から眺めるだけにしますね。ほかは思いつく処、全部まわりますからね」

城の周囲をめぐり、北堀の沿道に出た。

観光客が知ることの少ない秘密めいた詩情にあふれる桜並木が奥深く続く。

「もう何年前のことになるかしら。あれはどうして夜だったのかな。ヒッチハイクの途上なんだけどどうしてもお城を見て行きたいという学生さん二人に、道を尋ねられて、お友達と三人で此処へ案内したの。ちょうどこの季節。夜の桜、まるで夢。天上の世界よ。

感極まって、三人並んで歌ってあげたのよ、『荒城の月』と『白鷺の城』をね。びっくりしたでしょうねえ、このおばさんたち、ちょっと奇《おか》しいんじゃないかって。きっとあの学生さんたちも、このお城と夜の桜、生涯忘れることはないと思うわ」

そういえば彼らはもう今の圭二の年齢ぐらいになっている筈であった。圭二にはまた受験の時が近づいている。

南へ少し下って西へ向かい、また北へ向くと、山道に安楽院と斎場が現れる。そこはもう雲海とも見まがう花明りへの門であった。

登りきって車を停めた。

正太郎の両脇を聡子と好江が抱きかかえて歩く。亜由は声を上げて跳ねまわり、走った。

幾重にも小高い山を成す桜のパノラマは、花に霞む陽光が空の青と融け合い群居する広大な墓地を乱舞する花吹雪にまみれて、ふわりと身を投げ出したくなる誘惑に満ちている。

ふゆ子に此処で身をよじって泣いた日々のあることを誰も知らない。

飛び跳ねる亜由を追う。

「おじいちゃーん、虹だよ、ほら、虹、虹」

慰霊塔の噴水の傍で亜由が指差して叫んでいる。噴水の吹き上げる水しぶきが白光となって散り眩い綾をなす。

聡子と好江に支えられた正太郎がやって来た。

「はい、そこで止まって。アーちゃん、おじいちゃんの前へ立って。聡子さんと好江さんは両端ね」

虹を背にカメラを構えた。

「おじいちゃん、はい、にっこり」

桜の中の正太郎を何枚も撮る。

正太郎と亜由の二人を撮り、正太郎を真中に聡子と亜由の三人を撮った。正太郎と好江の二人も、だ。正太郎とふゆ子の二人は聡子が撮った。

正太郎は目を細め、何かを嗅ぎ取るように桜の空へ顔を仰向けた。

「桜って、こんなに綺麗だったんやなあ」

大きく息を継いで言った。

ふゆ子はその一言が聞きたかったのだ。

「そうですよ、おじいちゃん。こんなに綺麗なんだもの、来年も再来年も来ようね。そうだ、来年は圭二もきっと一緒に来れますよ」

ついまた圭二を引き合いに出す。

圭二が来年晴れて此処へ来られるとはもう約束出来ないでいる。それにもまして、正太郎が此処へ来ることはもう無いような気がしている。

正太郎をあやしあやし、この爛漫の桜を見に来たのだ。ふゆ子も空いっぱいの息を吸う。

「来れるやろか」

正太郎はまた大きく息をついた。

正太郎は自分のことを言ったのだろうか。圭二のことを言ったのだろうか。それとも二人一緒に来られることを言ったのだろうか。

車を南へ走らせトンネルをくぐると眩い白光に包まれる。雲一つない青空を蓋《おお》う桜の山である。

頂上の回転レストランからはふゆ子たちの住む街を一望出来る。動くか動かないかに回転し気が付くといつの間にか一周していた。

安全ガラス越しにどこまでも桜で煙る夢見心地の風景は、しかし正太郎にはほとんど見えていないようであった。

圭二はまた二次の論文に見放された。

初夏に受験し、秋の発表を待って二次に進むのだが、受験のその日のうちに、合否は自己判定で予測出来る。

しょうがないやないか、今さら引き返すわけにいかんやろというのが、武彦の絞り出した結論であった。何やっとんや、あいつ。生活がだらしないからや。家で勉強させせんとあかん、帰らせろ、というのが健一の怒りであった。あいつ、逃げてばかりおって。僕の顔、まともに見れないやないか。三十六にもなって、社会に出てももう使い物にならんと、圭二と三歳しか違わない兄の健一だが、そのように許してきた武彦とふゆ子を責める。

二人の落胆と怒りは、またもや正太郎の失明で立ち消えになった。

人生の終末で対峙しなければならなくなった漆黒の闇である。すべての行動に介助を必要とするようになった正太郎も、圭二のことを口にしなくなった。

ふゆ子は事務所で経理の仕事を滞りなくやり、夜は正太郎のベッドの傍らに寝て、好江と交替で正太郎の手首と手首を結ぶ。

正太郎の日常は変わりなく続いた。

六時に起きてトイレに行く。障子を開け、細い廊下を伝い、半覚醒のゆらゆら揺れる躰を何とか便器に落ち着かせて腰を安定させると、長い時間をかけて排泄をし終える。

小窓に、生まれたての赤ん坊のようなふわふわと柔らかい陽の明りが浮かんでいるのを瞼の辺りに感じながら最後の一滴を振りしぼるころ、ようやく意識がはっきりしてくる。

水分の排泄に時間がかかる。性器が排泄の用しか果たせなくなっている。

しかしその半覚醒の朦朧とした朝のひとときは、正太郎にはちょっとしたやすらぎだ。白紙にインクが滲んで広がるように、生きている実感がじわり躰中に染みわたる。光を失ってからあらためて感じている、この世に生を受けている悦びであった。

部屋にもどると重いカーテンを何度も手繰り寄せて左右に分ける。それから玄関へ出てつっかけを履き、わずかな距離を歩いて木戸の錠をはずしに行く。ついでに今はもう読むことのない新聞を郵便箱から抜き取る。鼻を突く微かなインクの匂いは、長い間の習性でそんな気がするだけなのかも知れないが、まだ自分の鼻はそんなに捨てたものじゃないと、いちいちが絶望からの救いなのだ。

歯を磨いて顔を洗い、白地に紺の文字が散らばっているパジャマを脱ぐと、ベッドの傍らにふゆ子がきちんと畳んで重ねている衣服を長い時間をかけて着る。ボタンやホックや靴下は、今ではトイレとともに日常恒例の困難きわまる格闘相手である。遠い記憶にある約束事を追うように、一つ一つ丁寧に指先に捉えてゆく。そして必ずブレザーを着る。

正太郎は一つ一つの事に全力を集中して気長に付き合うことに、まだしっかりと生きている自分を実感しようとしていた。

身支度が整い、夏冬なく長年付き合って自分の躰の続きになっている炬燵板に手をついて座ると、ふゆ子が、レンジで温めたカップ一杯の牛乳を盆に載せて持ってくる。それを一気に飲み干す。口の端から溢れて顎を伝う滴をふゆ子が拭き取る。

一日の始めの目薬を差してもらい、朝食が運ばれるまでテレビを聴いている。

食事のメニューは朝昼晩、ほぼ同じである。

朝は、小さな茶碗に六分のご飯と豆腐入りの味噌汁、ちりめんじゃこ、半熟の卵、モズクの酢の物にラッキョウと漬物。昼は、葱と油揚げのうどん一杯。夕食は、ご飯と魚におひたし、もう一品をつけて、ラッキョウと漬物、である。おやつは、午前が細かく薄く切った林檎、午後はバナナとヨーグルトを楽しむ。

手さぐりで食べる正太郎の膳のまわりの汚れを、ふゆ子は黙って拭き取りつづける。

「おじいちゃん、頑張って自分で食べようね」

箸を持つ正太郎の手に手を添えながら言う。正太郎を生かし正太郎の尊厳を守るにはそれしかないのだ。

圭二にも同じことを言ってきたような気がする。自分でやるしかないのよ、自分を生かすのは自分でしかないもんね――。

晴れている日は縁側の揺り椅子におさまって居眠りをしている正太郎を、ふゆ子は満足して眺める。圭二に正太郎の無事なことを知らせたかった。

しかし年が明けて正月を過ぎると、正太郎は絞り出すように呟いた。

「もう手術は出来ないんやな」

夕方の散歩の手を引いていたふゆ子の体に衝撃が走った。

「え？　何、おじいちゃん？　手術？」

「もう遅いんか」

正太郎はふゆ子の手を放し、一方の手で突いていた杖に両手を重ねて立ち止まった。

その両手に、マフラーに埋めた鼻から涙混じりの鼻水が落ちる。

「おじいちゃん――」

「もう一度やってみることは出来ないんか」

「わかった、わかった、おじいちゃん。お訊きしてみようね、出来るかどうか」

しかし、ふゆ子は自分がもう決して尋ねないだろうことを知っている。

もう無駄なのだ。仮に手術を断行したとしても、またあの繰り返しになるに違いなかった。

トイレで、ふゆ子さん、と悲痛な悲鳴を上げた正太郎の誰にも言えない肩の震えを、ふゆ子は胸に仕舞っている。それに美沙が決して許さないだろう。義妹とのトラブルは避けられない。ブティック・モアの一件もふゆ子の胸に曖昧に突き刺さったままであった。圭二は――、杖にすがって「もう一度、手術を」と立ちつくしている正太郎に、何と言うだろうか。

圭二に何も言うことの無いままに日が過ぎた。

そろそろまた受験に向かう時期であった。

武彦も健一も何も言わない。ふゆ子も電話をかけることが出来ないでいる。

正太郎の手術の懇願はそのままに重苦しい日々のうちに、正太郎が再び入院した。

肺炎であった。今度の入院は正太郎に何の抵抗も引き起こさなかった。というより正太郎は既にふゆ子たちにすべてを任せるよりほかない存在になっていたのである。それに恐れた俯せ寝もない。堂々と仰向けに寝ていることが出来た。

もともと寝相のいい正太郎の、目を閉じた顔を天井へ真っ直ぐに向けた平静な

端正な寝姿は、前回と打って変わってふゆ子たちを安心させたが、

「意外に早かったな」

スプーンの粥を口に入れてもらいながら、飯粒をこぼすように呟いた。必要なこと以外は滅多に喋らない正太郎から久しぶりに聞く、正太郎らしい確かな口調であった。

「何が？　何が早かったの」

「もっと生きられるかと思うとったんやが――」

「なんだ、そんなこと？――」

ふゆ子はスプーンを運ぶ手を休めずに応えた。

「思い過ぎよ。ただの軽ーい肺炎なんだから」

「わしはもうええんや」

「何言ってるの、おじいちゃん」

もう一匙、口許へ持っていく。

「圭二にちょっと帰ってもらいましょうか」

「帰れるんか」

「帰って来ますよ、だって、おじいちゃん大好きの圭二だもの」

「圭二に、なあ――」

会話はそこで途切れた。

圭二に連絡を取る口実が出来た。正太郎のために思わず出た、正太郎をあやすような言葉であったが、ふゆ子がずっと考えつづけていたことのようでもある。

病院の窓から明るい陽射しにきらめく柳の薄緑が見える。

また桜の季節だ。あの日の騒動からもう一年が経ったのだ。ひょっとして本当に、もう少ししたら正太郎と圭二が嬉しそうに肩を並べて、あの狂い死にしたくなるような満開の桜吹雪を浴びているかも知れないと、ふゆ子はぼんやりと思う。

正太郎が急変したのは、無事に退院して十日も経たない昼下がりであった。

医師はまだ数日は持つと言った。

健一一家と美沙一家が駆けつけ、帰ったばかりの好江も引き返してきた。

「圭二は？」

健一が言う。

「明日の朝になると思うわ」

「ちゃんと受けるんだろな、試験。もうすぐやろ」

「その話はあとや」

武彦が制した。

美沙はひとり叫んでいた。

「おとうちゃん、おとうちゃん、目を開けんか、これ、目を開けんか」

「そんなに揺すったら駄目やないか」

美沙の夫の晋が肩にかける手を振り払い、正太郎の頬を叩く。

「わたしや。美沙や。分かるか、分かるか」

遠い絵を見ているようだ。

好江がふゆ子の背を押す。ふゆ子も美沙に負けないように正太郎に話しかけるようにと言っているのだ。

ふゆ子は後退りした。

圭二がやって来た時には、すでに正太郎の顎が上がっていた。

全世界の空気を呑みこもうとでもするように口を大きく開け、喉をのけぞらせる。

「おじいちゃん、ごめんな」

圭二の呼びかけに一瞬、呼吸が鎮まった。

「おじいちゃん泳いでる」

聡子に抱かれて竦んでいた亜由が無邪気な声を上げた。

正太郎は花の真っ盛りに逝った。

わしは花は嫌いじゃ。人形も嫌いじゃ。綺麗なもんは好かん。インゲンは子どものころ飯代わりに食べ飽きたからな、食わん。

その正太郎の棺を乗せて、霊柩車は、あたかも桜に抱きとられるかのように晴れ渡った青空を埋める花明りへと進んで行った。

「桜って、こんなに綺麗だったんかいなあ」

正太郎の声が聴こえる。

医師が言った通りであったが、正太郎が容態を急変してから苦しくも直ぐには逝かなかったことに、ふゆ子は満足していた。

あの痛ましくも凄まじい呼吸が三日も四日も止まなかったのだ。

「わしはもういいんや」と言った正太郎の躰はもっと生きたいともがいた。絶望してはいなかった。生きることを厭がってはいなかったのだ。失明の闇にも降るような花吹雪を浴びていたに違いない。

正太郎の死に顔は息を引き取るまでの苦闘を跡形も残していなかった。

みんなが見とれた。

「こんなにいい男だったんやな」

武彦が父親の額を撫でた。

「圭二になあ――」。途中で途切れた、正太郎が言おうとした言葉の続きを、ふゆ子は追っている。

霊柩車を追って、ふゆ子と圭二の乗った車も花明りに包まれていた。

「骨上げが済んだらすぐ東京へ戻るからね」

「そう、――」

圭二は車窓に顔を向けたままだ。

「もうすぐね。手続きはしたの?」

「したよ、当たり前じゃないか」

「自信、ある?」

「あるよ。いつまでもこのままじゃいられないからね」

「そう、安心した」

「信用してないんだな」

「してるわよ。圭二のことは何があったって信じています」

「おじいちゃんには悪いことしたね、間に合わなくて」

「ううん、おじいちゃん、ここまで生きられたのも、もしかしたら圭二のお蔭なんだから」

「それって、すごい皮肉だね」

「すんません」

しばらく黙り込んだ圭二がふゆ子に顔を向けた。

どうしようかなあ、と言う。

「おかあさんには話しておこうかなあ——」

「どうしたの?」

「いいよ、やっぱりやめとこ」

圭二に陰はなかった。

何となく心当たりがあるような気がする。この二、三年は、受験後の数日、電話も携帯も通じていない。ふゆ子の胸のざわつきを、ふと指によみがえった正太郎の股間に萎んで張り付いていた命の塊の感触がさらった。

どんなにごたついてもいい。圭二に何かが起きていることを望んでいるような気がする。

しかし今は余計な推測や詮索はしない方がいいのだ。その余裕もなかった。車は霊柩車に続いて斎場に着いていた。

その日の夜になっても圭二からは何の連絡もなかった。

試験は五時には終わっている筈である。一次試験はいつも出来がよく、終了後の自己採点を弾んだ声で報告してきているのだ。

健一が何度も電話をしてくる。

「一体、何やってんだ、あいつ。とうとう一次試験も駄目やったんやな」

武彦とふゆ子が口に出来ないでいることを言う。

「ほんと、何やってるんだろ」

はぐらかすふゆ子に、

「どうするんや、これから。もう三十六歳になるんだぜ」

「まあもうちょっと待ってみましょ。出来はよくなかったかも知れないけど、まだ結果が出たわけじゃないもの」

合否の公表は秋なのだ。それとなく庇いながら、その秋までの、暑い夏の長い日々を恐れている。

「そんな甘いこと言ってるから性根が入らんのや。おとうさんとおかあさんが甘やかすから、こういうことになるんやで。僕はもう知らんからな」

健一は受話器を乱暴に置く。

正太郎・武彦に続く苦しさを何とか乗り越えて自信をつけている健一は、自分も圭二の面倒を見ているのだと考えている。苛立つのも無理はないのだ。

長い息苦しい年月のうちにも、一次試験後の報告が途絶えるのは初めてである。

一日が経ち二日が経った。

「連絡、あったか」

武彦はそれだけを尋ねる。

「まだ――」

と応える。

不安が募れば募るほど言葉は短くなった。あとは言葉が出なくなるだけだ。目を見合わせることも出来ないだろう。

しかしふゆ子の不安は武彦よりはどこかに救いがあるようであった。

正太郎の葬儀の日、霊柩車を追う車中でふと圭二が口にした、あの言葉にふゆ子は縋っている。

「おかあさんには話しておこうかなあ――」

そう言った圭二の表情は決して暗くはなかった、ただそれだけのことであったが。

一週間が経った。

「神隠しに遭ったようだな」

通夜の膳を囲んでいるようないつもより早い夕食の箸を置いて、ぼそりと武彦が言った。

「首でも括っていたらどうしよう」

切羽詰まったときの、いつもの戯言であったのだ。しかし口に出した途端それは実感となって、ふゆ子ばかりでなく武彦をも急き立てた。

「行ってみるか」

「まだ間に合うわ」

時計を見ながら同時に立ち上がった。

最終の東京行きは七時十三分であった。何もかも抛って飛び出して行けば間に合いそうだ。

電話をかけて好江に留守を頼んだ。

「ちょっと待って。鍵、鍵」

圭二のアパートの部屋の合鍵だ。

玄関を出て、もう一度もどった。正太郎の位牌に手を合わせるためである。

失明前のまだ元気であった正太郎の穏やかに微笑んでいる目元に真っ直ぐ昇る線香の煙が手繰り寄せられるように消えていった。

のぞみは空いていた。

蛍光に白染む閑散とした車内はいっそう不安と恐怖に満ちて、武彦とふゆ子に沈黙を強いる。

武彦は振り払うように、

「居なかったらどうするんだ」

と言う。

「どうしようかな。お部屋の片づけでもしておこうかしら。戻ってきて、圭二、怒るだろうけど、文句言わせるもんですか」

武彦の気持ちを引き立てようと、ふゆ子は自分の気持ちを引き立てる。

何処かへ彷徨い出てもう帰っては来ないかも知れない。それでもいい。生きていてくれさえすればそれでいい。

密かにもう一つ、ふゆ子の胸にはぼんやりとだが別の想像もあるにはあるのだ。しかしその少しは明るい想像さえ、圭二の絶望にさらに鞭を当てることになっているのかも知れないと、いっそう口に出せないでいる。

武彦の携帯電話が鳴った。

携帯を耳に当てた途端、武彦の顔色が変わった。

「何、なんだって？」

「へええ、——そうか」

そのまま、言葉を繋げないでいる。

「分かった。すぐ引き返す。といっても明日になるな」

ふゆ子の顔も見ず、携帯をポケットに突っ込んだ。

「帰って来たのね。二人なのね」

「うん、二人だ」

武彦は車窓の外に広がる漆黒の闇に映る車内の明りへ顔をそむける。

「ヤッタア。バンザーイ」

思わず両手を上げ声を抑えながら、ふゆ子は叫びを押し殺した。

「どんな子？　好江さん、ほかにも何か言っていたでしょ」

「背が高くて、大柄で、健康そうな、いい感じの子だそうや」

好江が言ったことを全部伝えたのだろう。自分の言葉に癒されるように、武彦は落ち着きを取り戻した。

「知ってたんか」

ぼそりと呟く。首を振ったが、

「何となくね。ちょっとそんな気がしていたの」

圭二が選んだ子なんだから間違いないわよ、きっと、いい子よ、と付け加えた。驚きや怒りや圭二への文句よりも、そしてこれから先のことを考えるよりも、安堵の方が先であった。許すも許さないもないのだ。

列車はすでに東京に近づいていた。

到着は十時十六分である。今夜は圭二の狭いシングルルームを宿にするしかない。寝具は一人分しかないなとふゆ子は早速考え始めていた。

東京から帰った二人を出迎えたのは好江であったが、その後ろに圭二と詩織が立っていた。

武彦は二人には目もくれず書斎に入ってしまった。

落ち着いて安堵が去ると、この際は快く両手を広げて迎えるわけにはいかないと考えたのだろう。父親の背中を圭二と詩織が目で追った。

詩織がおずおずと紙袋を差し出した。

「何がいいか分からなくて。ケイちゃんが、これがいいって言うもんですから」

洋菓子であった。

「詩織です。すみません、突然お伺いして」

ケイちゃん?!　しかしきちんと挨拶の出来る娘でよかったと、ふゆ子は詩織を眺める。

「おじいちゃんに、夕べ、二人で挨拶したからね」

圭二が言った。

「そう、――」

長いこと心配させて。連絡ぐらいして来なさい。言葉を呑みこんだ。

「どうしてたの、二人で――」

「訊問やな。二人で今後のことを相談しとったんや。結論が出んうちはどうしても電話が出来んかった。ごめんな」

「でも、おかあさんには――」

「ごめん」

圭二は膝に置いた拳を固く握っている。

「おかあさん、わたし、看護師なんです。これからはわたしがケイちゃんを支えます。足りない分を少しケイちゃんにアルバイトしてもらえば、やっていけるって、二人で話し合ったんです。ケイちゃん、お家からの援助が重荷なんです。耐えられないんです。自立したいんです」

後ろ手に圭二を庇うように、詩織が一気に言う。

「ケイちゃん、今度の試験、よくなくて。ぼろぼろになっているんです。さようならってメールもらって、わたし、裸足で飛び出して新幹線に乗ったんです」

「新幹線って？　遠くに住んでるの？」

詩織が頷く。

「シオリさん、だったわね。幾つ？」

「二十四です。もうすぐお誕生日ですから二十五歳になります」

圭二より十歳も若い娘が、圭二をケイちゃんと呼んで、武彦とふゆ子の前に、そして健一の前に、必死に立ちはだかろうとしている。

「詩織は大きな病院に勤めているんだ」

圭二が言った。

「九州？」

「はい、博多です」

「その貴女がどうして圭二と知り合ったの?」

「詩織は僕のゼミの同僚の小中学校時代の同級生で、家も隣同士だったんだ。だから病院の研修旅行で東京へ来たとき同僚に連絡があって、誘われて僕も一緒にお茶を飲んだんだ」

「おかあさん、わたし、一目惚れなんです。ケイちゃんはなかなか振り向いてくれなかったんですけど」

あっけらかんと言う詩織に、ふゆ子は心が弾む。

「へえぇ、じゃあ圭二はいつから振り向くようになったの?」

「一次試験に最初に合格したときにね、初めてメールに応えたんだ。——これで大丈夫って思っちゃったもんだから。二次の論文なんて簡単に通ると高をくくってしまった。——それがね」

圭二が口ごもる。

「じゃあ、もう四、五年になるんだ。遠距離恋愛ってことね」

つい昨日まで圭二の生死を案じていたのだ。その影はふゆ子の胸からすっかり消えているわけではない。確かめたいことは山ほどある。しかしそれらはもうどうでもいいことであった。

圭二が崩れずに頑張ってこられたのは無論、圭二自身によるのだが、それを支えたのは詩織だったのだ。

ふゆ子は黒いリボンに結ばれている正太郎の遺影に目をやった。おじいちゃん、負けちゃったね。でももう安心してね。急に可笑しさがこみ上げた。

東京と博多では、詩織の存在を知って健一が咄嗟に想像したような自堕落な日々はなかったに違いない。

「何、笑ってるの?」

「ごめんごめん」

「何だよ」

「それでこれからどうするの?」

試験は?という言葉を呑みこんだ。

圭二の応え方次第では、正太郎ばかりでなく、ふゆ子の夢も消え去ることになる。いつの間にかふゆ子自身も正太郎と一緒になって、あの満開の桜の夢を見ていた。

「やるよ。ヒモにはなりたくないからね。といっても、当分はヒモだけどさ」

「ヒモ？」

ああ、そうか、圭二はこれからヒモになるのか。また笑えてくる。

「おとうさんと健一を待って、ご飯、みんなで食べに行きましょう」

「おとうさんと兄ちゃん、許してくれるかな」

「大丈夫よ、きっと」

「でも、おとうさん――」

「いいわ、もう少しほっときましょ」

「お兄さんは？」

詩織が気にする。

「健一も分かってくれると思うわ。お食事から帰ってから、みんなで落ち着いて話し合いましょ」

しかし健一は帰宅すると、いきなり、

「圭二、ここへ座れ」

威圧した。

「逃げるんか」

二人に浴びせかける。

「健一、穏やかに話そうね。こちら、白井詩織さん」

「紹介なんか要らん。そんな子、連れて来んかったら、話が出来んのか。いつもお前は、そうやって卑怯なんや」

「健一、詩織さんに失礼でしょ。とにかく二人の話を聞いてやって。それから怒るんなら怒りなさい」

ふゆ子のとりなしなど耳に入らない。

「話なんか聞く必要ない。一体、これまで何しとったんや。本気で勉強しとったんか。どうせその子と遊んでおったんやろが」

「違うんです、お兄さん――」

たまりかねて詩織が言いかけるのへ、

「あんたは黙っとれ。関係ない」

肩を張って睨みつける。

「何か言わんか、圭二。言うてみい。何か言えることあるんか」

「ない」

圭二が乾いた喉を鳴らした。

「ないやろ。ないに決まっとるやないか。どれだけ父さんと母さんが心配したと思っとるんや。試験が終わったら、出来ても出来んでも、連絡ぐらいしてこい。お前はそんなことも出来ん意気地なしか。三十五にもなって情けない奴や。そんな奴、これから社会に出たって通用せんぞ。もう金は送らん。好きなようにせい」

「健一、ねえ、圭二は自立したいのよ。もう独りでやってくって言ってるのよ。この詩織さんと二人で」

「なにいっ」

突然、健一は一層いきり立った。

「許さんぞ。今になって、なんや。今までお前にどれだけ注ぎ込んできた思うとんや。勝手なことは許さん」

「だから、これからは詩織さんと二人で。試験は諦めるわけじゃないの」

「おかあさんは黙っとれ。なんやお前は。資格とったらうちの事務所で連携して仕事していく、言うてたじゃないか。あれは嘘か。嘘だったんか。騙したんか」

「僕はそんなこと言うてへん。兄貴が言うてただけやろ。兄貴はいつもそうやって僕を押し付けるんや。それがたまらないんや。もう放っといて欲しいんや」

いつも健一には敵わず小さく縮んでいる圭二がきっぱりと言う。詩織のために勇気を出している。

「なにい、もういっぺん言うてみい」

怒声が部屋を揺るがし、健一が椅子を蹴立てて立ち上がった。

「もう僕を自由にして欲しいんや」

ないことに、圭二も叫んで立ち上がった。

健一が圭二に躍りかかる。

「ケイちゃん」

悲鳴を上げて詩織が圭二に飛びつき、抱きついた。

健一を抱きとめたのは、一言も喋らず肩を落として座り込んでいた武彦だ。

「健一、我慢せい。我慢や、我慢や」

詩織を胸に抱えた圭二と、武彦に羽交締めにされた健一の睨み合いが続く。

しばらくして四人はほどけたようにばらばらになり、元の位置にもどった。

「勝手にせい。何処へでも行け。もうこの家に入るのは許さん。この周辺で仕事をするのもゆるさんぞ。結婚式にも、するかせえへんか知らんが、俺は出ん。分かったな」

健一が吐き捨てる。

「健一、それはあんまりよ。親がここにいるのよ。親を差し置いて、言い過ぎよ」

ふゆ子は武彦に援護を求めたが、武彦は無言のままだ。

「そうするよ。もう此処へは帰って来ん」

息を弾ませたあと、圭二は静かに言った。

もう梃子でも動かない覚悟が決まってしまったのだ。

「どうするの？　これから」

その覚悟を、ふゆ子も決めなければならなかった。

「わたしのところへ来てもらいます」

詩織がさっき泣いたばかりの顔を上げた。

「博多へ？」やっぱりヒモか。

こんな時にそんなことを思うなんて、なんて不謹慎だろう。ふゆ子は仲良く並んで正座の膝に拳を握りしめている圭二と詩織を眺める。

「博多もいいぞ」

武彦が言った。

ふゆ子は、なけなしの宝石箱から真っ赤な平石のペンダントを取り出した。赤漆を磨きに磨いたとっておきの太陽のような大きな石だ。それを詩織に贈りたいのだった。少し考えて和紙に包み、幾つかとっておいた気に入りの小さな菓子箱の一つに納めた。手紙をその上に添えた。

圭二と詩織は、東京の圭二のアパートを引き払い、博多の詩織のシングルマンションまで、レンタルの軽トラックを二人で交替しながら運転するのだという。その途中のインターで見送ることを圭二が許してくれたのだ。インターのレストランの駐車場で待ち合わせることになっている。

運転席のシートを倒し、独り深夜の夜空を眺めていると絶え間なく星が飛ぶ。こんなことでもなければ、深夜の車中で、満天の星々が放つ呟きを聴くことは出来なかっただろう。

妖しい幸せな気分に浸っていると、ふと正太郎の声がした。桜って、こんなに綺麗だったんか。そうですよ、星もこんなに綺麗だったんですねえ。

圭二との別れだというのに、ふゆ子は何故か悲しくないのが可笑しい。

二人がやって来た。

沢山の荷物である。といっても軽トラックだ。それが圭二の全財産であった。

「待った？　こんな夜中に怖かっただろ」

車から降りたふゆ子に圭二が言う。

「ううん。何か食べる？」

レストランへ目をやった。

「はい、食べます食べます。ケイちゃん、こき使うから、すっかりお腹空いちゃった」

詩織がお腹を擦った。

「本、重たかったもんなあ。詩織、馬鹿力なんや。部屋からエレベーターまでやろ。エレベーターから車までやろ。けっこう距離あったもんな。一人でよう運んだな」

「それで圭二は何したの？」

「僕は本の整理をしていました」

ふゆ子は笑いが止まらない。

笑いに涙か星か分からないキラキラ光るものが混じる。

「とにかく入りましょ。詩織さんが餓死しないようにね」

ふゆ子は、詩織が屈託なく出されたご馳走をきれいに平らげるのを見ていたいと思った。

詩織に続いてレストランに入ろうとするふゆ子の肩を、後ろから圭二の骨張った大きな両手がふわりと掴んだ。

「ごめんな」

そしてそっと背中を押した。

となりの男

思い出そうとしてどうしても思い出せない。

くるくる回したり耳に挟んだり鼻の下に咥《くわ》えたりして弄んでいる鉛筆をボールペンに替えてみた。暫くして万年筆に取り替えた。それから万年筆をとっておきのモンブランに替えた。唸ったり欠伸をしたりした。それでも思い出せない。

原稿用紙の傍らにはちゃんと僕専用のパソコンもあるのだ。もう長いことポカンと口を開けたまま呆けた白光を放っている。別にパソコンがどうで原稿用紙がこうでということはないのだが、書くことの思案に暮れると、パソコンと原稿用紙の間を行ったり来たりするのがいつのまにか癖になっている。それももう神通力を失い、せっかくの日曜日を近頃は無為に過ごすことが多くなっている。

立ち上がって思い切り背伸びをした。

声が出た。その声が耳の奥で異様に響き、そのまま引っかかって消えない。

「どうかしたのお?」

女房の加奈子が隣の部屋から大声で言う。

「いいや、なんでもない」

つられて大声で応えた途端に喉のつかえがとれた。

暫くして加奈子がお茶を運んできた。

「ねえあなた、そんなときは書くのやめたら？」

彼女はとっくに見透かしているのだ。例の得意の悪戯っぽい上目遣いで僕をじっと見る。

「もうじき亭が帰って来るわ。今日はソフトボール、三時までなんだって。とっつかまえて宿題見てやって」

「あんまり変わったことしない方がいいなあ。亭、びっくりして頭に入らないよ」

「そうやって、うまいこと、いつだって逃げるんだから。たまにはあなたが見た方がいいと思わない？　値打ちあるわよお」

「そうだね、そのうちにね。これでも僕は忙しいんだから。時間と睨めっこなんだよ」

一度亭を見てやってしまえば二度になり三度になる。そのうちにそれは僕の役目になってしまうに違いない。加奈子はいつだってのんびり冗談めかして実に巧みに僕を現実の暮らしの中へ誘導する。僕はその手に乗らないように細心の警戒を怠らないようにしなければならない。僕の逃げ口上もだんだん板に付いてきている。

だからといって僕たちは仲が悪いわけではない。言ってみれば、これも僕たち流のちょっとした愛の交歓みたいなものなのだ。

僕が勤めの傍ら小説家になる夢を捨てきれず原稿を書き散らすのを、一番理解して応援してくれているのは彼女だ。たまたま或る小さな賞を貰ったことが少々大袈裟に新聞に紹介されて以来、彼女は僕がいつか凄い大長編小説を書き上げるものと信じて疑わなくなった。

加奈子が次に言うことは決まっている。

「はいはい、海と風林火山にノシ付けて進呈」

というのだ。そして、ああ忙しい忙しい、なんでこんなに忙しいんだろ、と囃《はや》すように言いながら台所へ走ってゆく。

海と風林火山進呈、というのは、彼女がかって思い付きで冗談に言った言葉だが、自分で余程気に入ったのか、それから事あるごとに僕に進呈するようになった。

「そうよね、小説を書くのって海のような時間が要るんだもんね。動くときは風のごとく、原稿に向かえば山のごとく、書き出したら火のごとく、出来上がりは林のごとく。お陰様で、作家の女房は、ああ忙しい忙しい。何もかも独りでやらなければいけないんだから。ああ、なんでわたしはこんなに忙しいんだろ」

と、初めのころはちょっと拗ねていた。

しかし繰り返し呟いているうちに、いつの間にかそれが彼女の信念になってしまった。それればかりか僕にもその信念が乗り移って来て、僕も何となくそんな気になっているようなのだ。

といって、それは気持ちばかりで、実際はなかなか〈海と風林火山〉というわけにはいかない。それどころか気息奄々、叢を分けて流れるともなく流れている雑木林ににじむ微かな渓流みたいに、風とも炎とも縁のない、一度干上がったらお終いという情けない思いと隣り合わせている。

そもそも僕がブンガクなどという柄にもないことに熱中し出したのは加奈子の所為でもあるのだ。小説家になる夢は夢として到底僕の役どころではないと諦めていた僕の周りをくんくん嗅ぎまわり、僕の体臭には小説家の匂いがあると焚きつけた。

その上、まず手始めにわたしを書いてみたら？　かなり面白いものが出来上がると思うわと、自分からモデルを買って出た。

「だって、画家はよく奥さんをモデルに使ってるじゃない。音楽家だって、何とか夫人や愛人やなんかに捧げる曲とか名曲を作ってるでしょ。ましてや小説家なんか――」

とありったけの名前を挙げて蘊蓄《うんちく》を傾け始める。

「もういいよ。きりがないよ」

遮ると、

「そうね。でもこれで決まりね」

と言った。

すると僕は何が何でも彼女をモデルにして書き始めなければならないような気になってしまったのである。

たった三十枚の短篇であったが、それがたまたま或る雑誌が公募していた懸賞小説に当選したのだった。

「わたしにも責任があるわ。こうなったからにはもう、あなたが無事にいい作家になれるように協力するよりほかないわね。さあ大変なことになってしまったわ」

加奈子は今度はそう言い始め、明らかに僕に一目を置くようになった。

といって彼女の可笑しなところは、相変わらず僕をからかうような眼の色と言動を僕の周辺に散りばめ、何かにつけて亨の面倒を見させようとすることだ。つまり傍目には僕の行く手に立ちふさがり邪魔をしているようにさえ見える。

本物の作家になれるかどうか、僕自身が一番に信じられないでいるように、本当は加奈子も半信半疑で戸惑っているのだろう。だから僕も彼女も普通の勤め人の家庭を意地になって死守しようとしているのかも知れない。

「ずるいのよ」

加奈子は言う。

「あなたはどっちになっても困らないように二股かけているわけ。そんなどっちつかず、ものになる筈ないよねえ。といって今どちらかを採られてもねえ。ああ神様、わたしはともかく、亨をお守り下さい」

おどけながらそれとなく、妻と子を忘れないように、飢え死にさせないようにと、僕を脅迫する。

二股かけているのは加奈子も同じだと僕は思うのだが、彼女の冗談めかした屈託ない調子に巻き込まれ、要するにそれが結論なのだといつも自分に言い聞かせるはめになる。

加奈子の冗談めかした脅迫は僕への思いやりでもあるのだ。予想通り作家になれなかったとき、あなたには暮らしという重い足枷があったからよ、それさえ無かったら大作家になれていたわ、無念よ、と言ってくれる約束をしているようなものだからだ。

「はーい」

加奈子が声を張り上げている。玄関に誰か来たようだ。

加奈子が小走りに走って来て、

「あなた、変な人。あなたにどうしても用事があるんだって言って動かないの」

眉をひそめて小声で言う。

「どんな奴だ」

「鼠みたいな目をしてる」

ますます小声になって、立ち上がった僕にくっつかんばかりに言った。

玄関に出てみると、緑色の風呂敷包みを大切そうに抱えた湯川が、それが彼の特徴である小さい丸い目をしょぼつかせて立っていた。

中学卒業以来一度も出会っていない彼をすぐ分かったのには訳がある。それ程、彼、湯川秀樹は、その恐ろしく賢そうな名前とともに、当時から特異な存在だったのである。

「なんだ、あんたか」

思わず口をついて出たそんな言葉も、当時の彼を即座に思い出した僕の怪訝な驚きそのままに、当時の僕らだけに分かる当然の挨拶であった。

「うん、ちょっと先生に見てもらお思うてな」

いきなり湯川は僕を先生と呼び、風呂敷包みをおろして、不器用な手つきでほどき始めた。

暫くもたついたあと、山ほどもある原稿用紙が現れ、地滑りのように崩れ落ちた。

「先生、だいぶ前やけど新聞に出てたやろ。そやから――」

湯川は上目遣いにおどおどした目を僕に向けた。

加奈子の言う通り、まるで破れた壁の穴から覗いている鼠の目だ。

「これ、読んでみてくれるか」

「冗談じゃない。こんなに沢山のもの、そう簡単に読める訳ないじゃないか。一体どうしたの、これ。誰の原稿なの？」

「オレが書いたんやけど」

「まさか――」

また僕は、失礼極まりない言葉を口走った。

「ほんとに、これ、あんたが書いたんか」

「オレ、書いたんやけど」

湯川は同じ返事を繰り返し、恥ずかしそうにうふんと笑う。

あの湯川が。そんな筈がない。一体何が起きているんだ。僕は何が何だか分からなくなった。原稿の一枚を手にして一層混乱するよりほかなくなった。一日で、その原稿が漢字も多く如何にもきちんと書かれているのが知れたからである。

「オレ、作家になりたいんや」

「えっ、作家に？」

僕は飛び上がった。

しかし僕の目の前にある膨大な原稿と、手にしている一枚のきちんと升目に埋められた原稿を見る限り、満更でもなさそうな気配の漂うのを感じないわけにはゆかない。

「あんたがなあ。作家になあ」

僕は狼狽えながらぶつぶつ言い、湯川の顔を化け物でも見るように初めてまじまじと眺めた。

どう考えても合点がいかない。

僕らの湯川秀樹はうすのろの鼠も鼠、どぶ鼠なのだ。小さい時の病気が原因で脳に障害を負う不幸を背負った彼は、義務教育の間中どういうわけかずっと僕とクラスが一緒で、僕は彼の守《も》り役だった。

そういえば彼は授業中はもちろん休み時間でもいつでも、ノートを広げて何か書いていた。教科書の文字を一字一字、丁寧に書き写すのである。彼の勉強はそれだけであったが、先生はどの先生も決まって彼の丹念な作業を誉め、大きな花丸を付けてやるのだった。

中学を卒業した後、父親のいない彼は母親とともに関西に移り住んでいたが、数年前に母親も亡くなり、隣の町に独りで戻って暮らしているということは聞いていた。誰も個人的に付き合う者はなく、彼が同級生の集まりに参加することもないが、二、三人が集まれば必ず湯川秀樹の名前が出るほど、彼はいわば僕らの心の中では小中学校時代の象徴でありアイドルであった。

その彼を僕は一度も訪ねようともせず、普段は忘れてきたのだ。なんと友達甲斐のない冷たさだったかと、僕は俄かに後ろめたい気持ちになり、このかっての風変わりな旧友に昔のように優しくなりたいという欲求が膨れ上がるのを覚えた。

しかし、僕のことを先生などと呼び、不気味な原稿の山を積み上げて、しょぼんと背中を丸めて立ち尽くしている湯川秀樹の小さい丸い目が、昔と変わらずきょときょと落ち着かなく光るのを見ると、僕の方が気が変になりそうだ。

本当に奇跡が起こっているのだろうか。

つい僕は真面目に訊いてしまった。

「いつから作家になりたいって考え始めたの?」

「小学校の四年生だったかなあ。手紙を褒められた。たった三行だったけどな」

「ああ、あの時。たしか『お父さんへ』という題で手紙を書く宿題が出たんだっけ。そうだったよなあ、あんた褒められたんだ」

義務教育の中での彼のたった一度の快挙を、あのころ保護者然としていた僕が覚えていないわけはなかった。

「ぼくはおとうさんにそっくりだから、おおきくなったらあたまがよくなると、おかあさんがいいいました。——たしかそうだったよなあ」

僕は胸に込み上げてくるものを呑み込みながら、いつの間にか優しい気持ちになっていた。

「うん」

湯川が幼児のように頷く。

「そうか、大きくなって頭がよくなったんだ。お母さんの言う通りだったんだな」

「うん」

また照れ臭そうに頷くと、彼は俄然得意げに僕を見詰めた。

「オレの文、新聞に載ったことあるんや。読んでくれたか」

「えっ？　ほんとか。何新聞だい」

「ずっと前に市民新聞が戦争を語り継ごうとかいうて、聞いた話でも何でもええいうて募集しとったさかい、出してみたんや。そしたら載ったんや。ほれ、これ」

湯川はよれよれのジャンパーの内ポケットを探り、小さくたたんだ新聞の切り抜きを取り出した。

そういえば、二、三年前の新聞は戦後五十年の特集記事をさかんに組み、どの新聞も市民の声を募集したり取材したりして躍起になっていた。少なくとも湯川はそのことを正確に理解し募集に応募することが出来るだけの頭は持っていたのだと僕は思い、それならひょっとするとひょっとすることも有り得るかも知れないと、微かに彼の言うことを信じる気になった。

皺だらけの新聞の一片を広げると、確かにそこには小さいが湯川秀樹という濃い太文字があった。

〈星のマークのついたカンサイキが頭すれすれに飛んできて、ぐっと下がったかと思うと、きかんじゅうそうしゃをしてはすっと舞い上がるということをしつこくくりかえすので、にげまわるのにひっしで、そん時は親のことも子のこともわすれていたと、死んだ母ちゃんはいつも話していました。だけど近所のおばあは、あんたの母ちゃんは、くうしゅうのたびにあんたを抱いて逃げまどいながら、「ひでき、ひでき」って叫んどった、とぼくに言います。ぼくはどっちがほんとかなあって考えてしまいます。だけど今ぼくは生きているのだから、これだけは母ちゃんの言うことよりおばあの言うことの方が正しいんやろ思っています〉

稚拙ではあるがきちんと出来上がっているいい文章であった。文法も脈絡も、テニヲハも点も丸も、ちゃんとしている。そこはかとない感動もある。

もしかしたらこれを読んだ担当の編集子は最初は子供の作文と思って感動したのではないか。ところが戦時中から年齢を数えてみるとそんな筈のないことに気づき、慌てて湯川に電話をしたか会うかしたに違いない。少しは編集子の手が入っているに決まっている。

性懲りもなく僕はさまざまに失礼極まりない想像をしながら、それでも心の何処かに、いよいよひょっとしてひょっとしたことが起きているのかもと、奇跡を信じようとする気持ちが生まれつつあることに苛立った。

「へえ、凄いねえ」

紙片を返すと、自分でも嫌になるほど侮蔑的な口調で言った。

「うん」

湯川は素直に上気した顔で頷き、紙片を大事そうに仕舞った。

「だけどあんた、これ困るよ。こんなに沢山、読めるわけないじゃないか。自分のこと何も出来なくなっちゃうからね。僕もけっこう忙しいんだよなあ」

「わかってる。先生は忙しいんや。だからいつでもいいんだよ。オレ、急がないから」

「あんたが急がなくたって、僕の方は、読まなきゃ読まなきゃって思うだけでも拷問なんだよな」

ところが意地の悪い言い分とは逆に、僕の手は目の前の薄汚れた原稿の一部をつまみ上げていた。

湯川と話しているうちに嫌でも目に入る、そこに埋め込まれた何千何万、いや何十万字かも知れない、濃淡のまばらな鉛筆書きの寸足らずの文字が、僕を誘っていた。

実際、湯川のような可笑しな奴が、その可笑しなところで、その可笑しな感性を生かして書くことが出来るなら、ただ書くだけで、常人には作り得ない作品世界が出来上がるのではないかという、あるまじき可能性への微かな期待と嫉妬心がすでに僕の拒絶を否定し始めている。もしこれが本当に湯川の脳の生産によるものならば、間違いなく今僕の目の前には、正常な大人の作品では到底勝負出来る筈のない超人的な文学作品が積まれていることになる。

エジソンの例だってあるじゃないか。彼がさっきポケットに仕舞い込んだ一片の素朴な文章が本物であるとすると、ああいう文章の積み重ねはどうなるのか、空恐ろしい予感さえしてくる。

僕は誘惑に抗しきれなかった。たちまち後悔したが後の祭りであった。しかも手にした原稿に目を落としながら、

「一年も二年も先のことになるかも知れんよ」

と口走っていた。

「うん、いいよ。ほんま、いつでもいいんやから」

湯川は嬉しそうに言った。

その、水っぽい目をしばたきながらニッと薄く笑った彼の笑顔は、昔よく僕の迷惑もかまわず甘えかかってきては僕を困らせた湯川秀樹を、はっきりと僕に思

い出させた。

「それにしても湯川よう、僕を先生呼ばわりするのだけはやめてくれよ」

僕は昔に返って言った。

「友達じゃないか」

「うん」

こっくりしながら、

「これからちょいちょい寄るわ」

と言う。

加奈子がお茶を運んできた。様子を窺っていた彼女は好奇心満々で辛抱しきれなくなったらしい。

しかし湯川は加奈子を見るとひょこひょこと頭を何度も下げ、慌てて、擦り切れて白っぽくなっているジーンズの尻ポケットから野球帽を取り出して目深に被り、物も言わずに出て行ってしまった。野球帽は新品らしく、その違和感が暫くの間玄関先に漂った。

「やっぱり変よ、あの人。あなた、ほんとにこれ、本気でみんな読むつもり？」

無駄になったお茶を胸に抱えたまま、加奈子は膨大な原稿を眺めている。

「そうさなあ。いずれにしても全部は読めないよ。読むにしてもざっと目を通すくらいか。だけど湯川の奴、ほんとに自分の創作なのかなあ。いろんな本を丸写ししたとしか考えられんけどなあ」

冷静になると、湯川の可能性へ傾きかけていた僕の気持ちはまたも否定的に働き始め、彼のよく動く少しも落ち着かない黒目の異様な輝きが胸に染みこんできた。

「本物だったら、凄いライバル出現ね」

加奈子は面白そうに、僕をからかうともそそのかすともつかず、芝居がかりの抑揚をつけて僕を脅《おど》す。

実際それは、頑なに無視を決め込んだ僕の不安な潜在意識を言い当てていた。

むろん僕には書斎と称する贅沢《ぜいたく》な部屋などある筈もないが、それらしきものがようやく出来上がった。二階の北側の最も陽の当たらない納戸の東側に窓を開けて、思い切って大きな座り机を置いたのだ。

大枚をはたいてクーラーも入れ、何の変哲もない青銅の風鈴を軒先にぶら下げると、それで予算が無くなった。仕方がないから、ブラインドの代わりに、加奈子が古い端切れを編んで簡単な簾を作ってくれた。

これがなかなか芸術的な雰囲気を醸して思わぬ効果になっている。折角の窓は隣の豪邸の黄色い壁に立ちはだかられて空も見えず息詰まるばかりであるが、その閉塞感を見事に一幅の舞台に変えてしまった。そればかりかそれは、たった四畳の間の板壁に沿って本棚に並べられたり積み上げられたりしている雑多な本に埋もれて座る、僕という主人公を、あっけらかんと認めて許してくれているようでもあるのだ。

風鈴はめったに音を立てないが、鳴るときにはこれが青銅かと思うような実にいい音色の余韻を残す。よほど精緻な密度を持っているのだろう。めっけものだ。加奈子の簾と風鈴を眺めていると、何だかいい作品が書けそうな気がしてくる。

「どう、作家になったような気がする？」

まだ物珍しく、僕以上に喜んで興奮気味の加奈子は、頻繁に階段を上がって来ては顔を出す。

「うん、まあ――」

「そうよね、これだけで作家になれるわけないよね。でも似合う。惚れぼれするわ」

「駄目だよ、いくら煽てたって。駄目なものは駄目だよ、残念だけど」

「でも、少なくともこのお部屋に見合うだけの作家にはなれそうな気がしない？妻と子はせいぜい下でおとなしくさせていただいていますし」

「からかうなよ」

「あら、からかってなんかいないわよ。いつだってわたし、本気なんだから」

加奈子ばかりか亨まで覗きに来る。

これまで努めて加奈子に任せてきた亨との接触が増えることになった。

彼は自分の父親が真剣に物を書こうとしているのを初めて感じ取ったらしい。俄かに好奇心と尊敬の眼差しで僕を見るようになり、何のかの言っては僕の傍に来たがるようになった。

つまり加奈子が水を向けるまでもなく、結局はなしくずしに亨の宿題は僕が見るようになってしまったのである。その上、亨は休日には友達を連れてきて、にわか作りのチッポケな書斎と僕を自慢げに見世物にし、ついに僕は、彼らにソフトボールの練習にまで引っ張り出されるはめになった。その上に他流試合の監督までやらされる始末だ。

折角の休日が不意になることが多くなった。

この誤算は尾を引いた。

ようやく手に入れた自分の城を亨軍団に明け渡した格好であったし、加奈子は加奈子で、そんな僕を見かねてやきもきするのだけれど、亨の満足そうな顔を見ると何も言えなくなるのだった。一方で、それまで母親べったりであった息子の異変に何とはなし寂しさの募る彼女が、自分の複雑な思いに気づき始めているようなのが眩しい。

家族の風景としては言うことがなかった。僕が勤めの余暇をまるまる小説書きに注ぎ込もうなどとしないかぎりは。絵にかいたような小市民の家庭の小さな幸せといったところである。

亨のためにはその方がいいに決まっているし、僕だってたった一人の息子と遊ぶのは結構楽しいのだ。小学生と真剣に遊ぶ能力があったのだと妙な感動をしたりもする。

僕と加奈子は折角造った「作家の小部屋」で溜息をついた。

「そうよ、いっそのこと、亭を観察研究して書いちゃったら？　あの子、いけるわよ、変に屈折して面白いとこあるもん」

「一石二鳥ってわけか」

「そうね、それに、あの子の仲間たち。大人が読む児童小説って路線で、どう？」

「主人公の母親役で君も登場ってわけだ。総動員だな。洗いざらいばれるぞ」

「とっくに覚悟の上よ。華岡青洲の妻だもん」

「なるほど。こっちは妻と子でモデル争いか。大変なことになってきたな」

「どうぞ腕を振るって何なりと料理あそばせ」

屈託なく加奈子は僕をけしかける。

ところが実は僕の書きたいものはまったく違うものなのだ。

加奈子は、彼女をモデルにして書いた僕の最初の短篇小説が小さな文学賞ではあるが思いがけなく受賞を得たことから、いつまでもそのあたりに拘っているようだ。何を考えようと彼女の自由であるが、困るのは、彼女の進言が微妙に僕の心を揺さぶることだ。

ひょっとしたら加奈子の方が僕の才能や資質の方向を的確に摑んでいるのかも知れない、自分の周辺のことだけを書く作家もいるのだから、それが自分の適質であるならそれでもいいかと、ついその気になりそうになる。

しかし本当のところ、加奈子があれこれ言い、その提案に従おうとすればするほど、そしてその結果が成功すればするほど、僕がもともと書きたいと思っている秘密のテーマが次第に輪郭を濃くしてくるのだ。

それがアイヌ民族の興亡に材を採り、人間存在の窮極とはという問いへ向けて発する僕の遺書になるという、詩的哲学的未来小説の大《だい》それた構想なのだと恐る恐る自覚したのは、僕自身ようやく最近のことである。

北海道とは縁もゆかりもない僕がどうしてそういうテーマを抱えるようになったのか、まさかのことに僕自身もはっきりしないのだから始末が悪いのだが、幾つかの根っこらしきものはある。

物心ついた頃から僕の目や皮膚から浸み込んで何となく僕を支配してきた、大きな鮭を背負った木彫りの熊や、ハマナスの花を髪に飾って何処かを見詰めている乙女の顔の額彫り、書棚の隅に転がっていたオカリナ、そして蕗の葉っぱとコロボックルの絵馬など、いつも薄暗くシンとしていた奥座敷の其処だけが活き活きと騒いでいるような、床の間や飾り棚を占領していた雑多な置物たちである。

　僕はいつの間にか彼らの故郷を夢見ていた。行くことの叶わない遥か彼方の地なのだと、未知への憧れと慕情が募った。行ったことがないというなら、身辺以外の地球上や宇宙、全部がそういうことになるのだから、それが何で北海道なのか、アイヌの民なのか、そんな僕の深層心理を辿るだけでも一編の詩か小説が出来上がろうというものだ。

　だが僕の書きたいものはそれでもない。加奈子は信じないだろうけれど、実は僕はひどい悲観論者なのである。だからこそすべてを受け容れる。僕自身、途轍もない楽観論者かと錯覚するぐらいの素直さだ。僕が心底、この世界、この宇宙に、良くも悪くも惚れこんで参っていることだけは確かなのだから。

　ユーカラに材を採って、人類が何処からやって来て何処へ行こうとしているのか、人間とは何者か、僕とは何者か、生とは、死とは、その真相を探る世界一壮大な歴史的宗教的社会的そして生物学的物理学的ロマンを物語ってみたいのだ。何だ、そんなことは人類誕生より延々と考えられてきたことだと怯みながらである。

しかし僕のそれは二十世紀最期に出現する人類のバイブルとして、後世に遺る古典となる筈である。ところが僕の頭の中は創世期時代の地球みたいに混沌極まりなく、不気味に充満する濃霧は鎮まりかえりプスとも音を立てないのだ。

当たり前だ。そんな分不相応な大仕事をやりおおせるには、古今東西の哲学書、歴史書、科学書含めて何千冊何万冊という書物を読破し、隈なく調査取材をし、少なくとも十年二十年と地球を踏破するくらいの準備が必要だろう。釈迦かキリストか、大天才でなければ叶わない仕事だ。在って無きが如しの僕の命だというのに。

せめて釈迦のちぢれ毛一本、キリストの腰巻の垢ぐらいの仕事は出来ないものか。辛うじて才能を信じようとすれば、加奈子や亨や周辺の顔が汗のように僕の体の隅々から噴き出てくる。すると僕は、彼らを自分の勝手で不幸に出来るかと、かっこよく自分に向かって大見得を切るのだ。それが自分の非力への弁解に過ぎないことぐらい、誰よりも僕自身がよく分かっているのだから情けない話だ。

という訳で、そんな無能を証明するような意気地のない結末まで、加奈子には話せない。話せば、彼女はきっと言うに決まっている。

「あらまあ、そんなこと考えていたの。わたしや亭のことなんて心配しなくていいのよ。例えばあなたが思想犯か何かで監獄に入れられているとするじゃない。当然わたしは亭を守りながらあなたの帰りを待って働くわよねえ。あなたは思い通りにしていいのよ。やりなさい、やりなさい」なんて。

僕は引っ込みがつかなくなる。

多分スランプに陥ってしまったのだ。

僕は何度も立ち上がっては加奈子の簾を巻き上げて窓から身を乗り出す。僅かばかり空が見える。

どうしてこんなに隣の家に接近して家を建ててしまったのだろう。今更ながら訝《いぶか》しく考え始める。

昔のことだから家と家との間隔なんて難しい規制も無かったし、隣同士も仲良くお互い様、いい時代のいい人間関係があったのに違いない。待てよ、もしかしたらその反対で、互いに欲の突っ張り合いでこうなったということだって考えられる。すると後から建ったのは見すぼらしい僕の家の方らしいから、うちの方が強欲を押し通したということになるのかも知れない。

俄かに後ろめたい気持ちになり僕は肩をすくめる。いずれにしても加奈子は隣といい関係で付き合っているようだから、どちらから火事が出ようと丸く収まるだろうと、ちょっぴり主らしい安心もする。

こうした息詰まるような距離の感覚というのは結構好きなのだ。ということはもうすっかり僕は加奈子の術中に嵌っているらしい。

何となく気が抜けて、僕は、隣の黄色い土壁の日本の形に似ていなくもない斑ら禿や染みをなぞっていた眼を閉じ、首を振ってから窓から離れる。

ふと、湯川の原稿を読んでみる気になった。

一体何が書いてあるのだろう。膨大な量だけでも只事ではない。いずれにしてもまったく読まないで済ませる訳にはいかないことであった。

あれから湯川が三日にあげず玄関先に置いてゆく土付きの大根や菜っ葉への恩義もある。その束に必ず添えられている紙片の「ゆ川」という黒々としたマジック書きの絵のような文字には、毎度苦笑させられているのだが。それにしても湯川手作りの採れたての野菜は文句なく美味しい。

どうせ一行も進まず机の上の原稿用紙とパソコンを横目で睨んでいるだけの日々が続いているのだ。気分を変えるきっかけになるやも知れぬ。予想通り何かの書物を丸写しにしているのであれば、今度湯川がやって来た時にはっきりと引導を渡すことが出来る。ようやく無視を決め込んでいた心の重荷からも解放される。晴れ晴れ出来るだろう。

奇跡など信じないが、その信じられないことを、それでも僕は心の何処かで恐れていた。

湯川のかっての無能ぶりは、天才にありがちな一種の奇型、特異な状態であったのかも知れないではないか。相変わらずの知的障害であるにしても、もしその奇矯な世界、心模様を、本人の言葉でそのまま丁寧につぶさに書ききることが出来れば、それだけで、常人には到底不可能な超現実的な大傑作になろうというものではないか。

手元にある膨大な原稿がそういう代物であったらと考えると、僕は気が狂いそうだ。湯川の原稿を目に触れないように押し入れに仕舞い込んでいたのも、僕の何処かに彼の奇跡的な可能性を信じようとする何かがあるのだろう。そしてそのもしやを、葬り去るつもりであったのも間違いのないところだ。

今のどうにもならないスランプは湯川が運び込んだようなものだ。それならそれで湯川にしか僕を救えないわけだ。

湯川への友達甲斐のないひどい思いようを棚に上げて湯川に八つ当たりし、彼をいびり倒す勢いで押し入れを開けた。

踏み台に上がり、一番上の棚の隅に積み上げていた彼の原稿を抱え下ろした。

久しぶりに休日の一日を書店巡りに充てることにする。

頭痛がしている。

夜を駆ける。虫たちの居場所。樹の下に集まれ。喘う時間。偉い人。ジャガイモの臍。僕とあの人の仲。……。みんな湯川の原稿の題名である。僕の頭の中で四六時中跳ねまわっている。

恐ろしく僕好みの魅力的な題名であった。中身はともかく、それから何処からか持ってきたものであるとしても、それらは間違いなく湯川が自分の作品の題名として選んだものには違いなかった。おまけに、戦後五十年・僕は今、なんて神妙にして深刻なタイトルもあるのだ。

長いこと見なくなっていた夢を、僕はまた頻繁に見るようになっている。夢の中で、僕は湯川のこれらの題名を一つ一つ両手で掴み取り必死に川へ抛《ほお》る。流しても流しても、僕の飛びつくような題名が次々に僕の周りを舞い狂い、遂には川そのものが途轍もなく大きな小説の題名となって僕を押し流す。

目を覚ますと脂汗をかいている。奇妙なことに、僕をこんな目に遭わせているのは湯川の原稿の題名だけである。原稿の中身の方は夢の中でも湯川のオリジナルとは信じられないでいる。

湯川が大事にしていた市民新聞の掲載記事は、それでも何とか彼自身の作文と認められる範疇にあったが、僕の手元にある原稿は僕など到底及びもつかぬ見事なものであった。難解な専門用語が唸るほど登場する論文調のものや宗教学経済概論なども混じり、どれほど彼を奇才天才と大変貌を信じたくとも無理というものだった。

持参の野菜にいつも添えられている「ゆ川」という、ヘノヘノモヘジのような頼りない文字と、芥子粒に似た黒目が落ち着かなく光る彼の影の薄い姿が結論を急がせる。

その結論に決着を与えるために、僕は証拠を探しに街へ出た。

つまり「盗作」の出典を見つけようというのである。きっとあるに違いない彼の（書き方のお手本）は多岐にわたっている。僕の目的が容易なことでないのは覚悟しなければならない。数年もしくは数十年にわたる新聞雑誌の類も調べなければならないだろう。書店ばかりではなく図書館へも行かなければならない。

何で僕がこんなことをしなければならないんだ、とんでもない奴に引っかかってしまったというのが、正直、僕の気持ちであった。

ところが忌々しいことに僕はどこか浮き浮きしているのである。何が何でも真相を突き止めたい欲求が、僕に千里だって万里だって走りかねない勢いを与えている。

街にはメインストリートに今流行りの大型書店と個人書店が二軒、横丁にも三店ある。図書館は街の外れに在る。

半分は殆どが漫画やビデオ、ＣＤなどで占領されている若者向けの店内には、およそ書店らしからぬポップミュージックが喧しく流されている店もある。それに合わせて体を揺すりながら立ち読みをしている目の色の薄そうな茶髪の少年たちを、外から眺めるだけで気後れのする僕は、小説を書くためにいつかは彼らに混じっていそうな予感もあるにはあるが、まだ一度もそういう店には入ったことがない。

今日も僕は躊躇わずにいつも世話になっている老舗の藤花書店へ向かった。

一階が文芸雑誌とハウツーもので、幾通りもの書架の狭い通路にはたいがい客が何人かいて動かない。奥の突き当たりに注文や相談苦情の受付専用のカウンターがあり、電話やパソコンを前にした係の大池さんが、僕を認めると嬉しそうに耳のところで手を振った。彼は大手の会社をかなり高い地位まで上り詰めた人らしいが、定年後に此処に勤め、若い時からの本好きを生かし嬉しそうに働いている。

一階から二階へ続く階段の壁際には受験のための参考書やトレーニング用の問答書、大学の案内書などが、今にもこぼれ落ちんばかりに段ごとに積み上げられている。無論、二階のフロアは一階以上に季節ごとの勝負をかけて、本の叩き売り場の様相を呈している。時間の割にはかなりの学生や母親らしき女性たちが背中を丸めて品定めに余念がない。

心なし重苦しいその階から螺旋階段を上がると、途端に誰もいなくなる。たまに居てもせいぜい二人か三人だ。そこは、一般には手に負えない専門書ばかりが厳かに陰々と層を成していて、まるで深夜の都会の高層ビル街に紛れ込み月明かりに何かの影を追うような、孤独の畏怖に満ちた不思議な解放感がある。

この三階のフロアの隅には大きな卓と八脚の椅子があった。つまり八人は落ち着いて閲覧が出来るのだ。いつかは毎日此処へやって来て、日がなアイヌ種族の興亡と現況について調べたり書いたりしたいものだと、密かに狙っているのだが、今日はそれどころではない。

まず手始めに、サービス用に冊子状にして保存されている新聞の社説欄と文化欄を見てみたいと此処まで上がってきたのだ。

新聞の冊子はたった五センチ程の厚さであるが大きく重く扱いにくかった。少しでも気を抜けば破ってしまいそうである。おまけにこの階の照明は控えられていて、早読みをするには不向きである。到底、ハカがいく仕事は無理であった。

それでも僕は頭に焼き付けている湯川の原稿の文章や内容を呼び起こしながら、丹念に紙面に目を走らせていった。

湯川の原稿の中に僕は僕の記憶の底にある内容のものを幾つか見つけていた。しかし彼の原稿を一枚一枚照らし合わせるなどという途方もない根気と労力と時間を費やすわけにはゆかない。僕の印象の記憶だけで彼の（お手本）を探り当てようというのだ。

行く当てもなく笹舟を大海に浮かべるがごとき馬鹿げた所業である。何で大真面目にこんなことをしているのだ。ええいっとばかりにやめようと思いながら、どういう訳かやめることが出来ない。湯川秀樹という奇妙な座敷童子が僕の背中に取り付いて離れず、へらへらと意のままに僕を操り始めていた。

新聞に疲れた僕は立って行って何冊かの専門書を手に取った。

流石に理数系のものは埒外であったが、政治、経済、宗教、哲学と、思いつくままに評論集や概論を数冊ずつ、ぱらぱらと開いて目に入れてみる。するとどれにも湯川の（作品）の雰囲気があるような気がしてくる。

気がつくとかれこれ七時間が経っていた。僕は昼飯も抜きで大方一日を湯川と付き合ったことになる。

何ということだ。覚悟してそのつもりで来たとはいえ、七時間だ。大方一日だ。

まったく意味は違うが、プルーストの『失われた時を求めて』だ。眩暈がした。そしてひどく喉が渇き腹が減っていることに気づいた。湯川に無理矢理、精気を搾り取られたような情けない思いがいきなり込み上げてきた。

何一つ成果を見つけられないままに、僕はくらくらした頭で一階へ下り、それでも大池さんに挨拶してから出ようと奥のレジへ向かった。

その時である。夕方になり客が少し多くなった書架の向こうに菜っ葉服姿の湯川がちらりと見えた。

どうして僕が湯川から逃げなければいけないのか、咄嗟に僕は、湯川からは死角になる書架の陰に隠れた。

たまたま其処はそれまで僕が一度も立ち寄ったことのない湯気の立つようなロマンポルノの海賊版のコーナーで、何もしないで立っているのは如何にも不自然な場所であった。

好奇の目で勘繰られ兼ねない。仕方なく目の前に並ぶ手近な一冊を手にして、読むふりをしながら湯川の動向を窺うことにした。

湯川は『思想・哲学』と標識のある書架の前を行ったり来たりしている。相変わらず身をすくめるようにして、落ちくぼんだ小さい目を上目遣いにきょときょとうろつかせている。

その芥子粒のような黒目の異様な眼光が、かなり距離のある僕のところまで届いてくる。やはり普通ではない。物狂いの目だ。闇の奥からぬっと手が出てきそうな、オタク人間の執拗で陰惨な目だ。一見、大した読書人に見える。

作家もどき。ふと頭に浮かんだその思いつきに僕は我ながら喝采した。同時に自分と重ね合わせて怯んだ。

しかしすぐに、これは面白い小説になると身震いした。これを見事に小説に仕上げられないようでは作家などと言えたものではないと、僕自身に啖呵を切っていた。するとこの絶妙なアイデアに出合うために、今日一日、わざわざ藤花書店まで出向いて来たのだと思われさえした。

湯川が分厚い本を二冊抱えて大池さんと話している。

大池さんは少しの疑いもなく湯川とやり取りをしているようだ。それにしても高価そうな本を二冊もとは、湯川はそんなに金まわりがいいのだろうか。そして本当に彼はそれを読むのだろうか。読んで分かるのだろうか。もしかしたら大池さんは大変な迷惑を蒙ることになりはしないか。

僕は俄かに大池さんにとも湯川にともなく心配になり、二人に近づこうとした。

湯川が振り向いた。

ところが彼の目は眉をひそめて僕を通り越し、客たちの隙間を縫ってずっと後ろの方、書店の外の通りを、透かして見ているようなのである。

いきなり大池さんのことも本のことも忘れてしまったかのような、誰はばかることのない集中とも放心ともつかぬその様子は、明らかに誰かを見つけようとしているようであった。

誰かと此処で落ち合う約束でもしているのかも知れない、それにしても湯川にそんな付き合いをする人があるのだろうかと、どこまでも友達甲斐のないことを考える僕は、つられて外へ目を移したが、夕暮れ時の輝きを一段と増している照明を浴びて行き交う人々の流れは止《とど》まることはなかった。

思い過ごしもいいところだ。湯川にノーとしか応えられないでいるというのに、僕はまだ何処かで性懲りもなく彼の何かを期待し過分に評価しようとしているようだ。その何かのために少しは騙されてもいいような気がしているらしい。

その何かとは一体何なんだ。今では僕が多分唯一の彼の友達だからか。

僕は苦笑した。さっき思いついたばかりの、僕としては気に入っている小説の題名『作家もどき』の主人公の、大切なモデルだ。彼にはそれなりの敬意を表さなければならない借りが出来た訳だ。

しかし思わず僕が彼の目になって大通りに気を取られている間に、湯川はいなくなっていた。

急に可笑しさが込み上げた。

僕はひとり笑いながら大池さんのカウンターへ行った。

「あいつ、よく来るんですか」

「あれ、ご存知なんですか」

「ええ、小学校、中学と、同級生だったんですよ。可笑しな奴でね」

「ああやっぱりそうですか。変だとは思っていたんですがね。買っていく本が、どうも本人と一致しないんですよ。言うことはさっぱりだし」

「いつもあんな大層な本を買っていくんですか。お金はちゃんと払っているんですかね」

「いやあ、それが、その――」

と言って、大池さんはフッと笑った。

「こうやって、どういう訳か、僕のところへ必ず持ってくるんですよ。表のレジでお願いしますといくら言ってもね。そしてね――」

大池さんの目が電話の横の二冊の本をしゃくる。

「大概は置いてゆくんですよ。本の説明だけ聞いてね。三回に一回ぐらいかな、買ってくれるのは」

「やっぱりね」

あはは、それでこそ湯川だ。安堵を込めて、僕は大池さんと一緒に腹の底から笑った。

しかしすぐ笑いは止まった。それでは原稿に書き写す作業はどうしているのだろう。辻褄が合わない。

「あいつ、もしかしたら三階の常連ですか。三階で本を書き写しているとか――」

「えっ、あの人、何か書く人ですか」

「いやあ、ちょっとね」

僕は慌てて手を振った。

「それより、あいつ、さっき誰かを待っているようだったけど」

「ああ、いつものことですよ。きまってそんな振りをするんだけど、どうだかね。何だかそれも薄気味悪い話ですね」

大池さんは眉を顰《ひそ》め、片目をつむって見せた。

客が一人、僕の後ろに立った。忙しい大池さんを独占する訳にはいかない。それにもう遅かった。夕飯の膳を並べて待っているに違いない加奈子と亨の顔が俄かに浮かんだ。

僕は危うく忘れかけていたアイヌモレウ（紋様）とイカラカラ（刺繍）の画集か写真集があれば入れておいて欲しいと大池さんに注文をし、藤花書店を出た。とうとう昼飯抜きの飲まず食わずになってしまった一日の霞のような眩暈が、すでに降りてきている闇の匂いと快い湿り気に少しずつ醒めてゆく。

電車に揺られている間、僕はすっかり湯川への拘りから解放され、「カムイシキ（神の目）」とアイヌ語をしきりに呟いていた。

大池さんに注文した本のことが頭に残っていたのかも知れない。それとも湯川の実態に少しでも触れることが出来、やっぱり僕のライバルになどなり得ない彼の奇怪さを確認することが出来て、少しは落ち着いたとでもいうのだろうか。

しかし電車を降りて家路へ急ぎ始めると、湯川が決まって藤花書店の前の大通りを通りかかる誰かを待っているらしいという大池さんの証言が、喉に引っかかった小骨のようにしくしく気になりだした。

家に帰ると、頭に包帯をし目の上に分厚く絆創膏を貼った亨が僕を出迎えた。気付け薬を嗅がされたかのように、まるで宇宙ロケットが月から地球へ帰還を果たしたかのように、僕は一瞬にして家の人となった。

「どうしたんだ、それ」

「お帰りなさい。わたしたちも今帰ったところなのよ、根本さんから」

加奈子は台所であたふたしていた。

根本さんというのは僕たちの掛かりつけの病院の名である。僕を出迎えたときの勢いはどこへやら、亨は俯いてしょんぼりしている。

「とにかく大したことなくてよかったんだけど」

それならほんとに、例によって大したことのない事件で、大した怪我でもなかったのだろう。それにしてもちょっと包帯が仰々し過ぎるが、このところすっかり打ち解けてきた根本さんのことだ。好意あふれる茶目っ気から豪勢に包帯を使ってくれたのかも知れない。

「どう見たって、これじゃあ重症に見えるよなあ」

僕はそう言って亭の頭を撫でようとした。

「あ、駄目、触らないで。縫ってあるんだから」

加奈子が叫んだ。

「亭、轢かれそうになったのよ、佐山さんの奥さんに。お隣さんよ、お隣さん」

昂った声が急に低くなった。

「困ったわ、よりによって佐山さんの奥さんなんだもの。お隣さんだもの。どうしようもないわ」

「一体どういうことなの。何でこんなことになったんだ。落ち着いて話してごらん」

加奈子にというより亭に言いながら、僕は仕方なく、一家のボスとして茶の間にどっかと腰を下ろす。

仕方なくというのは不本意な言い方であるが、実際いつだっていろいろな義務や責任を仕方なく果たしているという思いが、僕を傷つける。

　亭の頭は大丈夫なのか。咄嗟に胸を締めつけた不安とともに、厄介なことになったという思惑は加奈子と同じであった。しかし加奈子が考えているだろうことに加えて、僕の思案は余分な勝手事の多いのに気が退ける。

　書斎から毎日眺めている黄色い土壁が突然、戦火を交える国境の要塞に変わるかも知れないのだ。おちおち眠れなくなるだろう。その要塞といやでも対面する机に僕は原稿用紙を広げることになるのだ。その苦痛を想像すると早くも憂鬱になる。

　それだけではない。亭の憔悴しきっている様子を見ると、事故の原因は亭の方にあるようだ。それはそれで反って気が楽だともいえるが、どちらにしても、隣との間にぎくしゃくとした面倒な感情の生じるのは避けられそうもないと、早くも逃げ腰になる。

　人との交渉事は殆ど加奈子に任せてきたが、今度ばかりは僕が前面に出ない訳にはいかないだろう。

折角新しい小説の構想を持って帰ってきたというのに、幸先が悪い。出鼻をくじかれた弱気も情けない。

「ぼくが悪いんだ。飛び出したから」

案の定、亨らしい正直さだった。

「でも、あちらもろくに確認をしないでバックで出たみたいよ」

さっきはお隣さんだからどうしようもないと言いながら、早くも加奈子は一歩も引き下がらない気迫を見せる。

「奥さんは何て言ってるんだ」

「勿論、ひたすら謝って下さって。こっちが困るくらい。根本さんへも一緒に付いて行って下さったし」

「なら、問題はないじゃないか、亨の頭さえ無事だったら。脳波の検査、したんだろ?」

「それがねえ。レントゲンは大丈夫だったんだけど、脳波の方がちょっと。微かだけどムラが見られるっていうのよ。このくらいなら暫くしたら正常に戻るだろうとは言って下さったんだけど。当分、絶対安静だって」

「入院した方がいいんじゃないの？」

「今いっぱいなんだって。家でいいっていうの。その代わり暫くは往診に来て下さるって」

「亨、今度のソフトボール大会、諦めるっきりしょうがないな」

「それでぐずぐず言ってるのよ」

「ま、こんなことの一度や二度はあるさ。いい薬になったやろ。これからはしっかり注意出来るよな。安静にしてなきゃいけないんだろ。早く寝なさい」

「お薬だけで済めばいいんだけど」

加奈子はぶつぶつ言いながら亨を二階の部屋へ連れて行った。

すぐに下りて来ると、

「佐山さん、明日の晩、あなたにもきちんと挨拶に来られるって。ちゃんと話して下さいね」

加奈子の不安は分かる。僕に逃げないようにと、それとなく釘を刺しているのだ。

とにかく亨の結果次第だ。脳に後遺症さえなければ円満にいく話だ。とりあえずは互いの運の悪さをぼやき合って、友好関係を確認するしかない。

思わぬ亭の怪我や佐山家とのこれからのやり取りについて止めどなく心配し続ける加奈子がいじらしかったが、夕食を終えると、僕は明日の出勤を口実にいつもより早く書斎に閉じこもった。

亭の事故もショックであったが、どうしても今日中に始めておきたい。

原稿用紙を広げ、その上に愛用の万年筆を転がした。背筋を伸ばし、暫く目を閉じる。それからおもむろに万年筆を握って原稿用紙の右肩へ持ってゆく。新しく小説を書き始める時のいつもの儀式だ。何の意味も理由もないが、この時の新鮮な緊張感をたまらなく愛している。

書き上げた時の爆発的な高揚感もいいが、そのためにこそ書くようなものでもあるが、そこにはどうしても一抹の不満足や徒労感が消し難く付きまとう。しかし書き出す前の（傑作）への予感には、テーマや動機や力量に関係なく稚児の無邪気しかない。

僕は一コマ一コマに力を込めて『作家もどき』『武者公平』と書き入れた。『武者公平』は僕のペンネームである。

それだけを書いて万年筆を置いた。あとはパソコン入力へと移行する。

その晩、僕は夢を見なかった。加奈子が悪い夢に魘《うな》されているかも知れないというのに。

数年前先代が亡くなり、東京から戻って跡を継いでいる佐山さんは、朝早く出掛け夜遅く帰宅する猛烈会社員である。時々見かけると時候の挨拶をする程度であまり親しく付き合うことはなかったが、じっくりとした物腰は品の良さを感じさせた。子どもに恵まれず多少老けた見かけは、僕と同年代にしては多すぎる白髪の所為かも知れない。

夫人はその佐山さんよりももっと落ち着いて地味に見える。といって野暮ったいというのではなく、如何にも奥さんといった雰囲気を漂わせる細面の色白な綺麗な女性《ひと》である。忽ち加奈子と親しくなったのは、隣同士ということもあるが、一方的に加奈子の屈託ない性分に預かっているようだ。

僕の家の狭い座敷で簡単な床の間を背にした佐山夫妻には、さすが東京仕込みの垢ぬけた佇まいがあった。

お詫びに上がったのに上座ではと固辞する夫妻を無理矢理、其処へ座らせたのは加奈子である。昨日はかなり戦闘的な感情も見え隠れしていた彼女だが、今日はそわそわとまるで待ち兼ねた賓客を招き入れたかのように、一歩下がってもてなしている。

夫人は終始うなだれたまま顔を上げない。どんな仕置きも甘んじてお受け致しますと言っているようであった。

「まあまあ、お楽に。お隣同士のことじゃありませんか」

こういう展開になるのは分かり切っていたような気がする。僕はほっとするような、何も言えなくなるような、複雑な戸惑いを持て余した。

一晩おいて亨に何も異変が見られず食欲もあり元気なので、単なる怪我で済みそうだという素人判断の安心が、僕と加奈子の善意を一層盛り上げていたのかも知れない。

「暫く様子を見てどうもなければ、どうぞもう、お気遣いは無しにして下さいね。これまで通り、いいえこれをご縁に、お隣同士、一層いいお付き合いをお願いしたいですわ」

加奈子がそう言い出すまでに、あまり時間はかからなかった。

ちゃんとお話して下さいねと昨夜僕に毅然と命じたことなど忘れてしまったかのように、両家の会談を楽しく締めくくったのは、やはり加奈子であった。

彼女は幸にしても不幸にしても、今までよりは堅固になるに違いないお隣との新しい絆を得て、興奮しているのだ。

それにしても佐山さんが、僕たちには言葉を尽くして謝りながら、事故を起こした夫人に対して何も言わないのが不思議であった。優しさからなのか、信頼からなのか、或いは怒っているのか。まさかいざという時の不利益を考慮してのことだとは考えたくはなかったが。

そんな影のような疑問があるにはあったが、僕は加奈子の陽気さに同調した。亭は結局一週間を安静にしただけで翌週から学校へ通い始め、一抹の不安を残しながらも、ひとまず僕たちは普段の日常に戻ったのであった。

いや僕に関してはちょっと違う。

僕は会社から一目散に帰宅すると書斎に籠り机に向かった。

目の前の黄色い土壁が危うく戦火を交える要塞になりかけたことなど、すでに小説の糧になろうとしていた。加奈子の簾を透かしてふと佐山夫妻の影絵が躍る。

僕の作品の主人公の周辺には、やがて夫妻から影響を受ける人物が数人現れるに違いない。

ようやく書き出しが決まった。

（思い出そうとしてどうしても思い出せない。

くるくる回したり耳に挟んだり鼻の下に咥えたりして弄んでいる鉛筆をボールペンに替えてみた。暫くして万年筆に取り替えた。それから万年筆をとっておきのモンブランに替えた。唸ったり欠伸をしたりした。それでも思い出せない）

この後パソコンになるのだが、パソコンに向かった途端、進まなくなった。

藤花書店で大方予想通りの湯川の状況を得て、湯川にどう対処したものか、思案が先に立つからである。

湯川の情報を持ってきたのは包帯頭で登校し始めたばかりの亨であった。

「野菜のおいちゃん」が若い女の人と歩いていたという。亨と目が合うと声をかけてきたというのだ。

僕の代わりに加奈子が大騒ぎをして根掘り葉折り亨に尋ねた。

「それで何と声をかけられたの？　亨のこと、ちゃんと覚えていたのね」

「ぼん、頭どないした、って」

「何て答えたの?」

「車に轢かれそうになったって言ったら、おいちゃんは何にも言わなかったけど、女の人が、痛い?って訊いてくれたよ。それから、ボク、何処の子?って」

「すごい。それでその女の人、どんな人だったの? 美人だった? お洒落だった?」

「ええとね、白っぽい上着に、ジャンパースカートっていうのかなあ、鼠色の長いスカート。頭の毛はちりぢりで、長くて。美人だよ。うん、あの人は美人だよ」

「亭の美人は当てにならないからなあ。背は、高い? 低い? 太ってない?」

「ふつう、ふつう」

亭に逃げられても加奈子はおさまらず、続いて僕を相手に好奇心を募らせている。

僕の驚きも同じようなものだ。

「湯川に身内の人がいたっけかなあ」

「それより本物の恋人だった、なんて。その女の人、なんか勘違いしてるんじゃない？　こわいわね」

と加奈子はひどいことを言う。

しかし僕も同感であった。

藤花書店での湯川の様子を思い出した。

するとあの時、彼はその若い女を待っていたのだ。約束をしていたのだろうか。それとも待ち伏せていたのか。湯川にそんな洒落た才覚があるとはとても考えられないが、あの膨大な原稿の升目を根気よく埋め尽くす彼のことだ、またまた難題を亭を通じて僕に持ち込んだなと、どきどきしながら僕は又しても彼を見直す気持ちにさせられている。

そんな訳で、僕も加奈子もいつの間にか湯川を心待ちにするようになった。

ところがその後、彼はなかなかやって来なかった。相変わらず泥付きの採れたての野菜だけは定期便のごとく玄関の三和土に置かれてはいたが。

亭の再検査の結果が出た。

まったく普通の生活に戻れるかどうかの、いわば安全保障のための検査であったが、僕たちの期待に反して結果は灰色であった。脳波がまだ安定していないというのである。

「まあ大丈夫だと思いますがね。そのうちきれいになるでしょう。もう暫く気長に様子を見てゆきましょう」

根本先生は自信ありげに言われたんだけどと、自分に安心を言い聞かせるように報告する加奈子の、それでも隠し切れない不安が、僕の中でも際限もなく膨れ上がる。

その不安がふと湯川秀樹を呼び起こすことに、僕は動揺している。せっかく彼に対して水のぬるむようなユーモラスな夢を見かけたというのに、その向こうに亭を見るのは赦せない。彼が亭の災難を持ち込んできたような気さえする。理不尽な八つ当たりであった。

包帯のとれた亭は元気いっぱいで食欲も旺盛である。学校の体育の授業にも子供会のソフトボールの練習にも早く参加したくてうずうずしている。そのはやる気持ちをこれからもまた抑えてゆかなければならないのも一苦労だ。

それに佐山さんとのこれからの付き合い方をどうしたものか、重い気持ちが一層重くなった。

医療費は佐山さんが全額持ってくれるにしても、やはり再検査の診断書を持参して丁寧に説明し、その上にもまた、今後の付き合いが円満にいくように言葉を尽くさなければならないだろう。佐山さんの顔が曇るのが目に見えるようである。被害者でありながら加害者になってしまったような、何とない苛立ちがやりきれない。

根岸医師を恨めしくさえ思っている僕を見透かしたように、

「ねえ、一度、大きな病院で診てもらった方がいいんじゃないかしら」

加奈子が思案気に言う。

「そうだね、そうするか」

「そのこと、佐山さんにも言っておかなくちゃ、今日の報告と一緒にね。早い方がいいわね。明日の晩、どお?」

もう決めている。

しかしすぐ眉をひそめて、

「でも何だか怖いのよねえ。佐山さんの奥さん、この頃おかしいのよ。時々、顔を腫らしているみたいなの。すぐ下を向いて逃げるように家に入っちゃうから、よくは分からないんだけど。それに殆ど外出されなくなっちゃったし」

「まさか――」

「そうよ、その、まさかなのよ、きっと。ねえ、あのご主人がねえ。人って見かけによらないわねえ」

「おいおい、勝手に決めるなよ。悪いじゃないか。亭のことでショックを受けて、奥さんが鬱になってるだけかも知れないし」

「そうかもね、亭のことでご主人が奥さんを責めて叩いたりしているのかも。そうだとしたらわたしたち、どうしたらいいかしら。奥さん、尋常じゃないことだけは確かよ」

加奈子は溜息をつき黙り込んだ。

亭の心配と隣家への複雑な同情とを織り交ぜて、僕たちは俄かに怯んだ。

「佐山さんとこへは、新しい病院で診てもらって結果が出てから伺うことにしよう。根本医院と同じ診断だったら、そのまま何も言わなくていいんだし」

「だって、そっちの病院代は?」

「けちけちするなよ。いずれにしても、大丈夫だったら安心料だ。お祝いだよ。そのぐらい、こっちで持つさ」

「あなたはほんとに人が好いんだから」

ほっとしたように加奈子は笑顔を見せる。

僕は佐山夫妻が家に来たとき抱いた微かな違和感を思い出していた。

佐山さんが夫人の事故を責め続けていると加奈子は考えているようだが、それ以上の何かが夫婦の間にはありそうであった。これは僕の小説書きとしての勘である。

あの時、すでに夫婦は一対ではなく二人の人間として僕たちの前に座っていたのかも知れない。夫人の方を見ようともしなければ声もかけなかった佐山さんと、終始俯いたまま顔を上げなかった夫人の、二つの影が、音もなく隣家に張り付いている様を想像するのは不気味で、気持ちのいいものではなかった。

すると僕が毎日見ていたあの黄色い土壁に這う地図模様が、実は佐山さん夫妻の二つの影の染みで、そこから滴り落ちるものが何であれ、もはや僕の慰みにどなり得なくなるのは確かなことに思われる。

「残念だねえ」

「えっ、何が?」

「何がって、いや、別に」

「そうよ残念だわ。亨のことで仲を悪くなどされたらどうしよう。それに亨に万一のことがあってみて。わたしたちも滅茶滅茶よ。ねえ、何でこんなことになるの」

加奈子の得意のドラマ作りが始まった。

彼女の止めどのない想像力や不安には常に現実的な根拠があるから、大抵当たらずとも遠からずといった具合で、僕の一応の目安にはなる。しかし今度ばかりは彼女も見落としている何かがありそうである。しかし僕は黙っていた。そんなことを言い出そうものなら、僕たちは一層混乱するばかりだ。

翌日、加奈子は亨を街の外れに在る国立病院へ連れて行き、夕方遅く帰ってきた。

結果は根本医師の見立てとほぼ同じで、むしろ安心ということであった。この程度の脳波のムラは心配要りませんとはっきり言ってもらったのだ。

「根本さん、亨のこと大事に考えて下さって、慎重を期されたのね」

加奈子は根本医師への信頼を前にも増して不動のものにしてしまった。

そんな加奈子を面白がって眺める余裕が僕にも出来、苦笑しながら、まるで手綱を解かれた荒馬のようにグローブを手にして跳ね回る亭とふざけていると、

「ねえ、早く、このこと、佐山さんに伝えなくちゃ。奥さん、少しは明るくなれるかも。これから行ってこようかな」

カーテンを閉めながら加奈子が言う。

カーテン越しに隣の明かりが薄く見えている。

「この間から思ってたんだけど、佐山さんとこ、もともとしっくりいってなかったんと違うか」

加奈子に並んでカーテンの端をちょっと手繰りながら言ってみた。

加奈子はじっと隣りへ目を凝らし、

「そうかもね。お子さんがいないから寂しいよね。だからって、言いたいとこだけど――」

急に声を落として、

「作家の勘ってやつ？ それならわたしも女の勘を働かせてみるわ。実はねえ、佐山さんの奥さん、時々、車に小さい子を乗せてるの。それがその度に違う子なの

よ。何の気なしに見ていたつもりだったけど、変だと思ってたことも確かね。あなたの言うことに何か関係があるのかしら。いやだわ、急に胸騒ぎがしてきたわ」

「親戚や友達の子かな。子守りのパートやってるとか」

「だって小学生ぐらいの子のときもあるのよ」

「外の子ってこともあるな」

「そんなに何人もいる訳ないじゃない。そうよね、こういうこれは凄く重大なことだったんだわ。今までどうして気がつかなかったのかしら。一体どういうこと？　どうしよう、困ったわ」

　隣へ行こうとしていたことなどすっかり忘れて、加奈子はソファーに埋まり、諦めきれないようにぶつぶつ言っている。

「それにね、事故を起こされる前は、どんどん落ち着いて綺麗になってきてらしたの。ご主人も紳士だし、素敵なご夫婦だと思ってたのになあ。だけどご主人、いくら何でも帰りが遅かったわよねえ。決まって夜中なんだもの」

「管理職だったんやろ。仕方ないな」

「そんなこと、真相なんて分かるもんですか。このご時世よ」

急に旧弊な言辞を弄して加奈子は攻撃的になる。

結局、女は女同士、男は男同士、肩を持ち合う格好になり、僕たちは気まずく押し黙った。

亭の安心と祝い気分はいつの間にか吹き飛んでいた。

以来、僕たちの間では佐山夫妻の不和は決定的事実として暗黙の了解事項となってしまった。

余分な善意は余分なお節介になることを警戒してか、勝手に隣家の家庭裁判を行った後ろめたさからか、加奈子は佐山さんに一刻も早く亭の無事の見通しを知らせようとしたことなど、そのまま素振りにも見せず、僕も言い出さないまま、日が過ぎている。亭の件は根本さんと車の保険屋と佐山さん任せということになりそうだ。

どうやら隣との煩わしい戦禍は免れたようであるが、眼前の黄色い土壁は思ってもみなかった新たな緊張を僕にもたらして、相変わらずひっそりと静まり返っている。

僕はまた机に座ることが多くなり、『作家もどき』の物語は順調に進行し始めた。

湯川はまったく可笑しな奴だ。タイミングを図ってでもいるかのように、いつだって僕がほっと一息ついた時に現れる。

その日彼は、玄関の上がり框に赤や青の付箋だらけにした十冊ばかりの本と大学ノートを僕の前に並べて屈み込むと、ポケットのボールペンをおもむろに取り出して言った。

「ちょっと教えて欲しいんやけどな」

そして、エエト、エエト、と鼻息を荒くしながら、首を突っ込むようにして付箋のついているページを開けようとする。

僕が彼に教えるのは当然だと言わんばかりの、少々傲慢に見えないこともないその態度に、僕はいささかむっとした。今度ばかりは「待ってたんだよ」と言おうとしていた、折角の親愛と好奇心の出鼻を挫かれた。

僕は柔軟性を失い、いらいらうじうじしながら、湯川が連れていたという女について訊ねることが出来ないまま、彼の質問に延々と答えることになった。

またしても迷路を訝しくさ迷うのは僕の方であった。

目にするだけでも頭がくらくらして変になりそうな重厚極まる長大な歴史小説

や分厚い時事問題解説の至るところに赤線が引いてある。その根気だけでも大したものだ。尊敬に値する。まったく意味を理解していないにしても、ともかくも彼がこれらの本に目を通しているのは紛れもない事実のようだ。

湯川は、真面目な小学生が先生に甘えるように、たわいもない漢字の読み方や熟語の意味や文章の解釈を僕に尋ねた。その、書物に釣り合わない稚拙な質問に笑い出したくなるのを堪えながら、僕は湯川が僕の思っている通りの湯川であることに満足し安心した。

その上に、僕の答えを書き込むそのミミズのような字と頭を抱えながら脇目もふらず没頭している彼の貧相なうなじを見ているうちに、何とも言えない切ない気持ちが沸き上がった。

ふと、優しい言葉をかけてやりたくなり、

「まあ上がれよ。こんなところでは何だから」と立ち上がった。

しかし彼は例のおどおどした目をしばたき、僕を見上げながら首を振った。

「まだそんなに付箋があるじゃないか。此処では落ち着かんじゃないか、僕だってさ」

「いや此処でいいよ。そんなこと出来ないよ。わるいよ」

と繰り返す。

「あんたのためだけじゃないんだ、僕のためでもあるんだよ。いいから上がれよ」

強引に言ってみたが動こうとしない。

「あんたも強情だな」

「ごめんな」

湯川はしょぼんとして小さな躰を一層小さくした。

不思議なことに湯川が来ると僕の筆が進むことに気が付いた。

野菜だけの出会いであっても、彼の気配に接したあとは、どういう訳か創作意欲が亢進する。

『作家もどき』の原稿は溜まり始めていた。

原稿が溜まり始めると一気に勢いの付くのが僕の執筆パターンである。そうなると楽しみが先行する。集中力に少しブレーキをかける方がいい。

《何ということだ。覚悟してそのつもりで来たとはいえ、七時間だ。大方一日だ。まったく意味は違うがプルーストの『失われた時を求めて』という小説の題名が浮かんだ。眩暈がした。そしてひどく喉が渇き腹が減っていることに気づいた。湯川に無理やり精気を搾り取られたような情けない思いがいきなり込み上げてきた》

四十二枚目を書いて読み直してみると、なかなか面白い出来になりそうだ。逸る気持ちを抑えて慎重に進めなければならない。ここでのめりこんでしまえば台無しにし兼ねない。

僕は傑作への期待に緊張のあまり蒼くなっている。そして滑稽なことにいつの間にか湯川秀樹に助けを求めていた。

湯川よ、力を貸してくれ。頼む。こうなったからにはお前にも責任があるじゃないか。

湯川に頼りながら、湯川がきょとんとする様を思い浮かべて苦笑する。

湯川のお勉強が何回か続いたある日、亨の件がすべて片付いた挨拶に佐山さんがやってきた。

隣同士のことである。たびたび菓子やプラモデルを亨ちゃんにと持参してくれた、事故を起こした本人の夫人が一緒ではないことに、僕たちは予想していた異変を感じた。佐山さんは心なしぎこちなく、よく見ると顎にうっすらと髭が生えている。強い煙草の匂いがする。背広に染み込んでいるようである。

今度も加奈子の強引な勧めで床柱の前に座らせられ、居心地の悪そうな面持ちで初めて訪れたかのように天井を見上げたりネクタイに手をやったりしていたが、加奈子がお茶をすすめたのをきっかけに座布団から下りて深々と頭を下げた。

そして内ポケットから熨斗の付いた一封を取り出し、僕たちの方へすべらせた。

「大変なご迷惑とご心配をおかけしてしまいました。幸い、ご無事が確認されまして私どももほっとしております。これは亭君のご快癒祝いということに」

何度も辞退したが結局受け取ることになった。

「奥さん、何処かご旅行ですか。このごろお見掛けしませんけれど」

加奈子が喉元に引っかかっていた声を出した。

「はあ、いや、今ちょっと実家へ帰っています。本来なら今日は是非にも本人も一緒にお伺いさせていただかなければならないのですが」

「いえ、そんな。ご主人がこうしておいで下さっただけで過分なことです。あの、ひょっとして奥さん、お躰の具合でもお悪いんじゃございません？」

さりげなく加奈子が食い下がる。

「いや大丈夫です。元気ですよ」

「そうですか。よかった。ちょっと心配してたんですよ、このごろお顔の色が悪そうでしたから」

「当然ですよ。亨君に怪我させたんですからね。大分落ち込んで、いろいろ悩んでいました」

佐山さんはそう言ったきり、もう夫人について触れようとはせず、低い静かな声で取り留めない雑談をして帰って行った。

きちんと座布団を裏返し折りたたんで片隅へ押しやってから立って行った佐山さんの、ゆっくりした丁寧な仕草に、以前には見られなかった暗鬱な疲労とこれ以上の僕たちの立ち入りを許さない固い意志を、加奈子も感じたらしく、珍しく黙ったまま後片付けをしている。

亨のことは落着したものの、何となく後味の落ち着かない余韻を振り切るように、

「ねえ、佐山さんとこ、やっぱり何かあるわね」

僕が黙っていると、

「何か話してくれてもいいのにねえ、お隣同士なんだもの」

残念そうに言う。

「話せないさ。そう簡単に話せるもんじゃないよ、家の中のことは」

「そうよねえ、近ければ近いほど言えないかもね。何だかつまんないわあ」

その方が面倒がなくていいさと言おうとしてやめた。加奈子の気持ちが分かるような気がしたし、僕の気持ちも落ち着かせたかったからである。

しかし程なく、加奈子は隣家についての噂を拾い集めてきた。

それは思いもよらないことであった。

佐山夫人が、遠くの街で子供を連れてある宗教の訪問布教をしているというのだ。

「それがねえ、知らぬは何とかで、お隣りさんなのに何を今ごろそんなことをって、みんなに笑われたわ。いろんな人が目にして、静かなる周知の事実だったみたい。それで毎日毎日、自動車で出かけていたんだわ」

「へえ、それにしても、その子供ってのは誰の子なんだい？」

「そこなのよ。わたしも初めて知ったの。子供は布教の道具なのよ。ほら、子供を連れていると、ついアラ可愛いわねえなんて声をかけたり、にべもなく断れなくなっちゃうでしょう。きっかけを作りやすいのよ。受け容れられやすいのよ。だから信者同士で子供を貸し借りするんだって」

「じゃあうちへ来た勧誘の人も、あれは他人の子を連れてたんか」

「そうかもよ。お小遣い上げたわよね」

そう言って、加奈子ははっとしたように、

「ねえ、佐山さんの奥さん、子供を連れて歩きたかったんじゃないかしら」

と言った。

僕は佐山夫人のほっそりした色白の面立ちとその面立ちにふさわしいしなやかな肢体を思い浮かべた。

多分、加奈子の言う通りに違いない。佐山夫人には、布教に毎日毎日出掛けるほど狂信的な信者に特有の、変に暗くて変に明るい自閉的自立といった雰囲気はなかった。時々見かける彼女は、僕の家の床の間の前で終始うなだれていたようにごく平凡な不安定感の中にいて、むしろ何かの信仰を与えてやりたい程だったのだ。

それにしても、楽しく子供を連れて布教の真似事をしているうちにドツボにはまり込んだというのは、十分に考えられることであった。それほど彼女は子供が欲しかったのだ。

それでは彼女が留守をしているのは、何処か遠くへ布教に出かけているのだろうか。

「でもおかしいわよ。それならそれで、ご主人、何も嘘まで言って私たちに隠す必要なんかないじゃない。奥さん、やっぱり実家へ帰っているのよ」

「奥さんが嘘を言ってることだってあるさ。どっちにしても、佐山さん、今は何もかも知っているようだな、この間の様子じゃ」

「そうよね。水臭いよね。話してくれたっていいのにね。奥さんだってそうよ。水臭いわ」

加奈子は、手を広げて待っているのに、気持ちを聞いてあげるのに、とでも言いたげである。

「佐山さんは恥だと思ってるんだよ、きっと。なんやかんや胡散臭いの、いろいろあるだろ。要するに反対なんだ、奥さんがその宗教を信仰することに」

「ねえ、もしかしたら、亭の事故がきっかけで、ご主人、奥さんのこと何もかも知ったんじゃないかしら。だから――」

加奈子はふと黙り込んだ。

だからあれ以来、佐山夫人は夫から打擲《ちょうちゃく》の折檻《せっかん》を受け、夫婦仲がこじれ始めたのではないかと言いたいのだ。

確かに、佐山さんは殆ど深夜の帰宅であったから、夫人の昼間の行動を知らなかった可能性はある。すると、亭が飛び出しさえしなければ事故も起こらず、夫人が車で出かけようとした行き先も知られることはなかったに違いない。

しかしそれで加奈子が責任を感じて蒼ざめるとしたらお門違いだ。夫妻の暗い根っこはもっと深いところにある。これは小説を書く僕の勘である。

ところで僕の小説は至極順調に書き進んでいる。この分ではもう一息で何とか仕上がりそうだ。

この一息が大事なのだ。胸がドキドキしている。合間に、ちょっと依頼される雑文などけっこう楽しくて、気軽に引き受けてしまうのだが、それも気にならない程、今の僕はパッショネートになっている。

秋になるといつも感じる黄色い空気の所為かも知れない。黄色い空気が佐山さんの黄色い土壁を撫ぜている。二度も通り過ぎた台風が引っ掻いて僕の愛した形が変わってしまった土壁の地図模様は、今は巨大な羽を広げて僕に迫る怪鳥となって、不気味な目玉を剥いている。幾筋も垂れる染みは怪鳥の獲物が苦しみながら流した血の涙の跡か。それとも怪鳥自身が瀕死の重傷を負っているのだろうか。

加奈子手編みの簾は、網目を透かす光の変化とともに飽きずに色を変える。すると風鈴の音色も微妙な季節の思いを囁いてくる。

僕はひっくり返って思いきり背伸びをした。腕が周囲に積もっている本を崩した。

身の丈しか余裕のないささやかな書斎は、僕の寝棺のようだといつも思う。トルストイの寓話の主人公パホームの墓穴だ。僕は走りもしないで初めから此処にいるのだが。いや僕なりに一所懸命走っているのかも知れない。こうやって闇雲に、ともかくも《僕の小説》を書こうとしているのだから。

《その日彼は、玄関の上がり框に赤や青の付箋だらけにした十冊ばかりの本と大学ノートを並べて屈み込むと、ポケットのボールペンをおもむろに取り出して言った。

「ちょっと教えてほしいんやけどな」

そして、エエト、エエト、と鼻息を荒くしながら、首を突っ込むようにして付箋の付いている頁を開けようとする》

ここまで書いて僕は、無性に湯川に逢いたいと思っている自分に苦笑した。あろうことか、僕の思いに合わせて明日あたり彼は必ず来なければいけないのだと、いつの間にか決め込んでいた。

亭は寝てしまい、加奈子は居間で趣味のちぎり絵に没頭している、雨の夜の深夜であった。

チャイムが鳴った。

その執拗な鳴らし方に怯えて飛び出した亭と加奈子が、僕を呼び立てながら廊下に立ちすくんだ。

こんな時は仕方がない、僕は一家の主だ。玄関の隅の傘立てから一番長い洋傘を抜き取り、構えながら恐る恐る戸口に立った。

「オレや」

消え入るような湯川の声である。

確かに湯川の影が戸の真中に嵌め込まれている細い磨き硝子に映っている。

力が抜けると同時に怒りが込み上げた。

さっきまで湯川のことを僕の躰を流れる赤い血のごとく懐かしく感じていたにもかかわらず、とうとうこんな夜更けにまで押しかけて来るほど図々しくなったのかと悪意に満ちた僕は、咄嗟に戸を開けるのを拒んだ。

「こんな遅くにごめんな。なあ、開けてえな。どうしても訊きたいことあるんや。教えてほしいねん」

湯川は泣き声になった。

仕方なく戸を開けたが入って来ない。

ずぶ濡れになって雫を垂らしている彼を見て居たたまれなくなった加奈子が外へ出て、自分も濡れながら何とか中へ引っ張り込んだ。

「どうしたんだ。何があったんだ」

異変を感じない訳にはいかなかった。

亭にタオルを持ってこさせ、加奈子に何とかしてくれるように頼んだが、湯川は加奈子には世話をさせず、ようやく受け取ったタオルで頭をかき回し顔をぬぐった。

そのまま黙り込んでいる。

僕は加奈子と亨を奥へやり、上がり框に腰を下ろした。

「まあ座れよ。立ったままじゃ話が出来ないじゃないか」

だが湯川は座ろうとせず躰を震わせている。

仕方なく湯川の言葉を待った。

「あのなあ、こんなこと訊くの、何やけど――」

ぽつんと湯川は言い、また押し黙った。

相変わらずぐずな奴だと思いながら、こんな夜更けの今にも消え入りそうな彼を見ていると急に胸が詰まり、

「いいから話せよ。何でも聞くよ。一体どうしたんだ」

と言った。本当に友情を込めて心の底から言ったのだ。

「うん、あんたなら何でも教えてくれるもんな」

湯川は、両手に掴んでいるタオルを絞ったり伸ばしたりしながら、それでもま

だ思い切り悪く暫く黙り込んだあと、顔を上げて例の異様に光る黒目で僕を見詰めた。

べったりと額にまつわりついている髪から雫が垂れる。

「あのなあ、女の人を好きになったら、テレビにようでてくるやろ、ああいうこと、せなあかんの？」

「――――」

きょとんとしたのは僕だ。

しかしすぐ、過日亭が出会ったという女のことが頭に浮かんだ。何か途方もなく奇怪だが重大な難問を突き付けられたらしいことだけは悟ることが出来た。

「もう一度言ってくれないかな。あんたがどういうことを言っているんか、さっぱり分からないんだ」

精一杯、丁寧に言った。

すると湯川は同じ質問を繰り返したあと、

「なあ、女の人とホテルへ行くやろ。そしたら女の人は、どうしてもテレビでするようなことして欲しいんやろか」

と言う。

「湯川、お前、ホテルへ行ったんか。女の人と一緒にか」

僕は思わず湯川をお前呼ばわりをし、声を荒げた。

「まさかお前、今がそのホテルの帰りか」

うん、と湯川が頷いた。

情けないことに忽ち好奇心と困惑が僕を圧倒した。

湯川にそんな甲斐性があったのか。話の様子では何もしなかったようだが、それにしても、湯川と一緒にホテルに行ったかも知れない女の馬鹿さ加減を嘲笑い、待てよ、女が湯川をホテルへ連れ込んでからかったのかも知れない、そうだとしたら哀れな湯川よ。しかし女が、湯川を大作家と勘違いして真剣に愛してしまったかも知れない無垢な女の子だったとしたら捨ててはおけないぞと、あくまでも湯川には失礼な想像が駆け巡る。

考えられる限りの幾通りものストーリーが湯川を眩く照らす。

僕のそんな残酷で下劣な思惑をよそに、彼はしょぼしょぼと訴えた。

「だけどなあ、オレ、ああいうことはテレビのことやて思ってるさかい、実際にやってくれ言われてもなあ。女の人には優しくせなあかんやろ。裸にしてテレビのように上に乗ったり跨いだりなんて、そんな乱暴なこと出来んわなあ。そんな無茶、しとうないんや。そしたらあの人、人間はそういうことみんなしてるんやて、聞かないんや。しまいに怒ってしもうて――」

湯川の言いそうなことだった。

それでこそ湯川秀樹だ。

湯川の額からまた雫が垂れる。僕は思わず、

「湯川よう、それでもあんた立ったんやろ。立たなかったなんてことないよな」

もしかしたら意味が分からないかも知れない、いや分かってくれるなと願いながら訊ねたのだが、湯川は暫く考えて、

「うん、立った」

と恥ずかしそうに答えた。

「湯川、お前――」

「そやからな、あの人がいろいろしてくれるんや。けんど、オレ、あの人のあんな綺麗な躰に触るなんて、そんなこと、そんなこと――」

湯川は両手をぶらさげたまましゃくり上げた。

思わず僕は立ち上がり湯川を抱きしめた。湯川の涙が僕を満たしてゆく。

加奈子が湯川に着替えをと、僕のシャツと上着を持ってきた。

どんなに勧めても固辞して帰って行く彼を、僕は初めて姿が闇に消えるまで見送った。

不意に涙が溢れ出た。

貸してやった洋傘を片手にかざして街灯に煙《けぶ》る雨の路地を愛用の自転車でふらつきながら去ってゆく湯川を闇に追っていると、不意に、小学生の頃よく僕の背中に蛙のように飛びついてへばりついてきた彼の笑顔が浮かんだ。

どういう訳かその晩から、原稿に向かう僕の集中力は抜群なのだ。

数時間をものともしない。加奈子が心配してそおっと亭を覗きによこす。遠慮がちにノブをまわす音がして忍び足で去ってゆく気配を背後に感じると、僕は一層調子が乗ってくる。勝負は結末をどう締めるかだ。

隣の佐山夫人はまだ帰ってこない。

車の事故の修理が思いのほか手間取って長いこと空いていたガレージに車が戻

り、暫くはそのままであったが、今は佐山さんが通勤に使っているようである。

加奈子の報告によると、佐山さんはやもめ暮らしなのだからよれよれの雑巾のようになっていなければならない筈なのに、何だか大層活き活きして以前より愛想がよくなり、気持ち悪いのだという。

「だってこのご時世でしょう。何食わぬ顔して奥さんを床下に埋めていたりしてってことあるじゃない。おおっ、こわっ」

なんて一人で騒いでいる。

僕には佐山夫妻のファンであった加奈子の豹変ぶりの方が可笑しい。

ところが彼女の冗談が満更でもなさそうな展開になってきたのだ。

日曜日の朝、隣の庭で女と子供の声がした。
五、六歳の男の子がはしゃぎまわるのを女がたしなめている。多分、女は母親だ。
そのうちに佐山さんの声が加わったのである。どう聞いても父親の威厳と情愛をそなえた物言いであった。

久しぶりに隣家の立てた明るい爽やかな物音だ。隣家がまだ生きている証をこれ見よがしに四方八方へ撒き散らすような、そう受け取らなければいけないような、突然の活況である。

加奈子は身をすくめて耳をふさいだ。

「奥さんの声じゃないわ。一体、どうなってるの。佐山さんて、そんな人だとは思わなかったわ。これじゃあ奥さんがあんまり可哀相すぎるわ」

男を全部敵にまわしかねない憎しみを込めて僕を睨みつける。

「おいおい、筋違いだよ。敵は佐山さんだよ。それにしても佐山さん、やるなあ」

僕はひたすら感嘆する。

加奈子の簾を上げると、黄色い土壁がまた新しい謎を用意して僕に迫ってきた。染みだらけのボロボロとこぼれ落ちそうな壁だ。今時珍しい年代物なのだが、佐山さんはきっと近いうちにこの壁をどうにかするに違いない。

すると、ゆっくり時間をかけて、佐山さんの家の奥の奥から滲み出てくる怪しい絵模様を眺める、僕の妖しい楽しみはいっとき失われることになるが、どうせそのうちにまた薄汚れてきて、染みや落剝や亀裂が同じように面白い絵地図をさらけ出すのだろう。

「トゥトゥル　トゥイメルクル　レイメルクル　コトゥイトゥイケ」

最近覚えたてのアイヌ語を呟いてみる。「縫い目に光よぎる」というのだ。カムイシキ。神の目。北海道からは程遠い小さな都市の片隅に開く僕専用の小さな窓にもたれて、何だか厳粛な思いに打たれながら、僕は眼前の慣れ親しんだ黄色い土壁に心を奪われている。

今書いている『作家もどき』を仕上げたら、一日も早く北海道へ行こう。ふと、噴き上げるような思いが僕を突き動かす。

次の日曜日の朝、佐山さんの新しい家族が挨拶にやって来た。

これからご近所をまわらせていただきますと言う母子に、なんと加奈子が介添えを買って出た。

隣家のよしみだと平然と笑顔を向けている。変な女だ。猫の目のように自在に変わる彼女の陽気な屈託なさを僕は愛しているのだが、とても付いてゆけない。

加奈子は昼過ぎになって戻ってきた。昼食をご馳走になってきたと満足そうに言いながら、異様に興奮している。

「まああきれた。あの人たち、七年越しの仲だったのよ。信じられる?」

「そりゃそうだろう、あんな子がいるんだから」

「それで佐山さんの奥さん、悩んで悩んで、信仰にのめりこんじゃったのよ、きっと。それにやっぱり子供を連れて歩くのが嬉しかったみたい。でもそのこと、佐山さんは亭の事故が起きるまでまったく知らなかったんだって。そりゃそうよねえ、外の女に入り浸りで、奥さん、ほったらかしだったんだもん」

「じゃあよかったじゃないか。亭の事故は離婚の決断をする引き金になったんだろ。いずれにしても佐山さんの不和はもともとだったんだ」

「それもちょっと違うのよね」

興奮が募り言葉を探して暫く黙ったあと、

「あのね、奥さん、あの事故の日、家を出ようとしていたらしいの。つまり離婚を決意していたのは奥さんだったのよ。何故かって言ったらね――」

早くそのことを言いたくて加奈子はしどろもどろになった。急に目を伏せて、

「奥さん、今ね、信仰仲間で好きになった人と一緒に暮らしているみたい」

泣き出しそうに言う。

「なんだ、そういうことか。それならよかったじゃないか。じゃあお互い様だ」

つい言ってしまった。しまったと思ったが遅かった。

「何がお互い様よ。佐山さんが悪いんじゃないの。猛烈社員だなんて聞いてあきれるわ。今度の人だって図々しいわよ。あっという間じゃない、もう入り込んでくるなんて」

加奈子は目をぎらぎら光らせる。

「おかしいじゃないか。近所まわりに嬉しそうに機嫌よく付いて回ったのは誰なんだい」

「わたしよ。それがどうしたっていうの。それとこれとは違うのよ。全然別のことなのよ。あなたにはそれが分からないの」

また隣家のことで言い争うはめになり、僕は沈黙するしかない。

間仕切り一重で僕たちは隣家の騒動を知らなかった訳だ。そして一旦蓋を開ければこちらの夫婦仲にも嵐が吹きまくる。

しかし加奈子は隣家と今までもそれなりにいい付き合いをしてきたし、これからもちゃんと上手くやってゆくだろう。なにしろ、それとこれとはまったく別のことなのだから。

僕は今、『作家もどき』の最終章に取り掛かっている。

《湯川秀樹よ、これはあんたの作品だ、と僕は思った。湯川はやっぱり作家もどきだ。しかしよくよく考えてみれば僕もどっちこっちなのだった。『となりの男』とはよく言ってくれたものだ。僕と湯川は、隣《とな》りの男なのだ》

ここまで書いて、そうだ湯川は本当に本気で作家になりたかったのだと思った。僕の頭にはそのことがずっとあって、実は悩んでいたのだ。そろそろ彼に伝えなければならない、あの膨大な原稿は紙屑同然であることを。彼の本気を知れば知るほど伝えるのが辛くなっている。同じことを自分に伝える辛さがどこかにある。

彼が原稿を持ち込んだ日から大分時が経っている。忘れていてくれたらと願うが、いくら湯川が湯川であっても、まさかあれだけの『労作』を忘れている筈がない。僕の答えを待っているに違いなかった。

あの深夜の事件以来、湯川は姿を現さないばかりか野菜の置き土産も途絶えている。彼に対して不誠実でありつづけた僕の正体を遂に見破ったのではないかと恐れている僕は、今度彼がやって来たら、精一杯の友情を披瀝しようと待ち構えているのだが。

だが、その年も暮れ、新しい年が明けても、湯川の気配はなかった。

僕の小説は最後の数行を残したままである。湯川が来てくれないことにはピリオドを打てない。

さんざん僕を待たせて湯川がやって来たのは、すでに三月も半ば過ぎであった。相も変わらず垢まみれのごわごわしたコートの衿を立てて顔を埋めた彼は、珍しく明るい暖かな日差しにもかかわらず、如何にも寒そうに肩をすくめ小刻みに足踏みをしていた。

僕を見ると嬉しそうに、

「長いこと来んで、ごめんな」

と言った。

「待ってたんだよ。大丈夫か。あんまり心配かけるなよ」

「うん」

素直に頷き足踏みをやめると、かがんで長靴の泥を払ってから玄関に入ってきた。

「上がらないか」

僕は優しく言った。しかし湯川は首を振り、

「あのなあ、頼みがあるんやけど」

言いながら、ポケットから小さく折りたたんだ紙片を取り出した。

「これ――」

僕に渡してそのまま黙っている。

開いてみると、相変わらずのマジックのヘラヘラ文字で『となりの男』と書いてある。

「何だい、これ」

思わず鸚鵡返しに訊ねた。

「あのな、書いて欲しいんや、オレのこと――。それ、題や」

「――」

何度も神経を逆撫でにされたが、今度もまるで当然のごとく横柄に命じてくる湯川に、腹を立ててもよかったのだ。

しかしあっけにとられはしたが、紙切れに書かれた《となりの男》に、僕の目は張り付いた。なんと、僕が最終章を残したままになっている小説『作家もどき』

は、《となりの男》を書いているのだ。

ふと僕は湯川の妖しい才能を信じていた。

彼を主人公にした小説がもうすぐ仕上がるところまで来ていることを伝えようとしたが、僕の口から出た言葉は、

「冗談言うなよ。そんな勝手なこと言うなよ」

であった。

悔し紛れに卑怯にも間髪を容れず、しかし弱気に撥ねつけながら、僕はもうその時、僕がそれまでこの小説につけてきた題名『作家もどき』を、そのうち必ず『となりの男』に書き換えるだろうことを確信していたのである。

「けんど、頼むわな。絶対に書いてな。忙しいんだからいつでもいいさかいな」

湯川の芥子粒の黒目が上目遣いに真っ直ぐ僕を見詰めて、にっと笑った。

「あんたには叶わないな」

僕もにやりとした。

「まあ上がれよ」

もう一度言ってみたが、湯川は頑なに首を振り、ごめんな、を繰り返す。

そしてぽつりと言った。

「あのな、オレ、母ちゃんの妹が嫁入ってるとこへ行くことになったんや。当分、来れへんわ」

「そうか、叔母さんがいたんか。よかったな。だけど、うちへ来れへん程そんなに遠い処なんか」

「うん、北海道や」

と湯川は答えた。


僕は今、小説の最後の一行を書き終え、丁寧に最後のピリオドを打ったところである。

原稿を揃えるとかなりの厚さである。

一枚目を剥ぎ取り、題名を『となりの男』と書き換えた。

湯川秀樹よ。これはあんたの作品だ、と僕は呟いた。

湯川はやっぱり作家もどきだ。僕もどっちこっちなのだった。となりの男とはよく言ってくれたものだ。僕と湯川とは隣《とな》りの男同士なのだ。

僕は結局、湯川の膨大な原稿に返事を出しそびれたままになった。

湯川が北海道にいる。それだけで十分である。僕はいつか必ず北海道へ行くのだから。

そこに彼が待っていてくれるのだから。

そういえば、隣家と決別した夫人が男の人と一緒に歩いているのを北海道で見たという噂を、加奈子が聞いてきた。

水門

湖畔沿いを一キロも歩いて学校から戻って来ると、友達と別れを告げ、ミツはいつものように駆け出す。

天気のいい日には庭の敷石いっぱいに投網《とあみ》を広げて、修繕に余念のない曽祖父の徳三郎がいるのだ。

足音を忍ばせて近寄ると傍らにしゃがんで彼の耳に口を近づける。

「おじいさま、ただいま」

「むむ」

と、徳三郎は鼻の奥で音を鳴らすだけである。

日本人離れした彫の深い顔立ちと恰幅はとても八十五歳とは思えない艶のある肉をつけているが、分厚い皮膚がだぶだぶとよじれている大きな手は百歳にも百五十歳にも見える。

その指が、太い麻糸を巻いた船型の杼《かい》を投網の網目に一定の間隔で通し、その網目をいちいち几帳面に押さえてゆくのを眺めるのが、ミツは好きだ。

徳三郎は漁師ではない。今は市になっているがもともとは湖畔に沿って延びる半農半漁の村であったこの地で、代々独占的に食料品と雑貨を扱って商いをしてきたカネソウ商店の隠居である。湖上に船を浮かべて漁をするのは、若い頃から途切れたことのない彼のただ一つの道楽であった。

ナミとミツ姉妹の親代わりである祖父母の作造と藤子は徳三郎の次男夫婦で、本家と道一つを隔てて分家している。本家には広い芝生に松と石と池をそなえた見事な庭があるのだが、どういうわけか徳三郎は、投網の繕いだけは作造の家の狭い庭先でする。

その理由をミツは藤子に尋ねたことがある。

「そうだねえ、おじいさまは何にもお言いでないけんど、そうされるようになったんはあんたたちのお父さんが亡くなって間もなくの頃からだから、きっと、あんたたちに淋しい思いをさせたくなかったんじゃないかねえ。おじいさまはナミちゃんとミツちゃんの守り神様だえ」

藤子は考え考え言い、

「そりゃあおじいちゃんとおばあちゃんだってどんなに悲しかったか。毎日泣き暮らして気が狂いそうだったえ。一人息子が二十七で死んじゃうんだもんねえ。生まれたばかりのあんたたちを残してねえ。だからおじいさまはどんな時もいつも黙ってそばに座ってて下さった」

と付け加えた。

大家《おおや》のおじいさまは偉いお人だえ、と言うのが藤子の口癖である。本家を大家と言い慣わしていた。

「だけど今は、うちんとこでああしておいでるのが一番嬉しいずら」

しんみりと言う藤子はいつもに増して優しさに溢れる。そんな祖母がミツは好きである。

投網の繕いのほかは徳三郎が自分からミツたちの家へ立ち寄ることはないが、月に一、二度、ナミとミツは藤子に命じられて本家へ彼を迎えに行く。

その夜が来ると、滅多に足を踏み入れない大家へ行く緊張と、徳三郎を自分たちの一家で独占出来る嬉しさで、姉妹は張り切った。

徳三郎を囲んでいつもよりちょっと念入りな夕食を終えると、ナミとミツは彼の左右にぴったりと寄り添って昔話をせがむ。

徳三郎の昔話は決まって「むかしあるところに」から始まった。

次をせがむと、むかしむかしあるところにとなって、むかしが一つ増える。またせがむと、むかしむかしそのまたむかし、となった。また次をせがむと、むかしむかしそのまたむかしのまたむかし、となる。それから、むかしむかしそのまたむかしのまたむかし、うーんとむかし、と時代は限りなく遡る。

「ねえ、その昔の昔、そのまた昔の、ほんとの始めの昔は、どれぐらい昔？」

ミツが尋ねると、徳三郎は天井を仰いでウームウームと唸る。そして、

「そうさなあ、どのぐれえ昔ずら。あのぐれえかなあ」

と天井を指差す。

「そいじゃあ、今から先の先は？　先ってどこまであるん？」

するともう一度天井を指差し、

「どこまでもさやあ。ずうっとずうっと、そりゃあ果ても無《ね》えだで」

「ふーん。その果ても無いって、どういうことずら。だって、どんなものにも、みんな、必ず始めと終わりがある筈じゃあ」

答えに窮すると、徳三郎は咥えている長い銀色の煙管を上に向ける。そして頬っぺたを指で叩いてへこませ煙をズズズと音を立てて吸う。そして小鼻をふくらませムフフと笑う。

「むかしはむっくりかえって、はなしはひっくりかえる。でんでんでんぐりかえって、はい、それでおしまい」

急におどけて炬燵の布団に頭を突っ込む。

ナミとミツが待ち構えている瞬間だ。

「てっかり」

間髪を容れず二人は同時に叫んで手を叩いて笑い転げる。

花札の取り札「てっかり」にそっくりなのだ。布団から半分はみ出ている磨き上げたようにつるりと光っている頭は、布団を山に見立てると山の端に昇りかけた皓皓と輝く満月だった。

二人の嬌声を聴くと、徳三郎は布団から顔を上げて満足気にニタリとする。

その徳三郎が老いたことを理由に湖に船を出すのを家人から禁じられ、ミツの家の庭先で投網の繕いもしなくなると、夕食に招くためにミツたちが迎えに行くことも途絶えた。

作造の兄である本家の当主倫蔵《みちぞう》が亡くなり、代替わりになった本家はにわかに遠のいた。

おじいさまは湖《うみ》がお好きなのに、うちの庭先で投網の繕いをなさるのが何よりもお幸せなのに、まだまだお元気なのに、と藤子は情けながった。

そして最後に言うのを忘れない。

「おじいさまはほんとに偉いお人だえ。おばあちゃん、おじいさまが愚痴を言われるのを一度も聞いたことないえ」

ミツは、何を話しかけても鼻の奥でふむふむと受け止めるだけで滅多に顔を上げることのなかった、しかしいつだってどっしりと温かった、投網の繕いをしていたときの徳三郎を思い浮かべ、藤子の言うことは本当だと思う。そして祖母が何度もそう言うからには、本当は、徳三郎には言いたいことが山ほどもあるのだろうと想像するのだった。


――ウノさおにっこあくまのこ、おんばひがさでそだてられ、あかいべべきてよめいってかえった、さわるなしゃべるなこえきくな、きもをとられてころされる、それでもかわいや、ねこばばウノさのまたのなか。

ウノさのウのじはうんこのウのじ、ウノさのノのじはのろまのノのじ、うんことのろまとキスをして、できたこどもはこんこんはんきち、はんきちウノさがこひをして、あかいこしまきみーえた、みえた――。

ウノさのウのじは――。

十一歳のミツの躰の内できりもなく止まらなくなる淫靡な妖しい言葉と抑揚である。

誰が考えたのか、かって一緒に遊んだ近所の子供たちとウノさをからかって囃し立てたたわいもない戯れ歌であった。きっと昔からあった遊び唄に村の大人たちがウノさを唄いこんで口にしていたのを真似たのだろう。

悪童たちはウノさを恐れて決して近寄らなかった。ウノさやウノさの家に石を投げつけたり棒切れでつついたりの陰険な乱暴もしなかったが、卑怯にもウノさの居ない留守を見計らい、跳ねまわりながらこの時とばかりに声を張り上げて喚声を上げたものだった。

小学校六年生になった今はもうそういうことはしないし、それらの何だか恥ずかしい言葉を口にすることもないが、気がつくといつの間にかミツの心と躰には何か人には言えない、言ってはならない羞恥心に似た熱い熾火《おきび》のようなものが燻っている。

大人たちもウノさを恐れていた。

ウノさの話をするときには苦笑いをしながら声を潜める。まったくもって困ったもんさやあ、というのがみんなの挨拶代わりであった。それ以上のことを誰一人言う者もいないし、近寄ろうとする者もいない。そんなことをしようものなら本当に酷い祟りがあるような気がするからである。

一人だけ例外があった。ミツの祖母の藤子である。彼女だけがウノさと言葉を交わしウノさの面倒をみる。

ミツの家の地続きの広い敷地の一隅に嘘のように建つ大きなあばら家に、ウノさは独り棲んでいるのである。

かっては立派な家屋敷であったらしいが、辛うじてその面影を留めるのは杏の大樹とその傍らに在る大きな井戸だけだ。

雨ざらしのためにぼこぼこと膨れ上がっている真っ黒い畳が二枚だけ残る、板囲いされた六畳一間がウノさの暮らしの場である。穴だらけの雨戸の外には朽ちかけた縁が付いているが、ささくれ立った床と穴だらけの屋根はほとんど役に立ちそうもない。

家財道具らしいものは、その奥に無惨にも盛大に溢れ出ている襤褸《ぼろ》切れと見まがう衣類を蔵して壊れかかっている箪笥と、三升炊きの大釜だけである。

辛うじてウノさが落ち着くことが出来る二枚の畳は、藤子の手によって時々新しく取り替えられるが、雨風に晒されたちまち見る影もなくなる。

雨らしい雨が少しでも降り続こうものなら、もうウノさは此処には居られない。ミツの家へ駆け込んで来るのである。

玄関の三和土に全身を震わせながら立ちすくむ彼女の伸び放題によじれた蓬髪と、纏《まと》っている襤褸切れのような衣服は、すでにその細い躰にべったりと張り付き雫を垂らしている。

「ごめんなして。ほんのちょっと間、居させておくんなして。ふんとにほんのちょっと間。恩に着ます。恩に着ます。なむあみだぶつ、なむあみだぶつ――」

か細い消え入るような声で、それでも礼儀正しくつつましく手を合わせる。

小学生のミツにはお伽噺に出てくる何百年も生きてさ迷い歩く恐ろしい山姥か

鬼婆に見えていたが、その頃のウノさは四十になるかならないかの、まだ十分に若い出戻りの女であった。
藤子は彼女を風呂に入れてやり、自分の着物を与え、温かい食べ物を食べさせた。そして玄関わきの一部屋に寝かせてやる。

つまり雨や雪になると、ウノさは人並みの食事にありつき温かい布団にくるまって眠ることが出来たのである。

しかしどんなにそういうことが度重なっても、ウノさは当たり前のように図々しくなることはなかった。そのたびに震えながら藤子に手を合わせる。

とても毎日毎日、夕方六時になると十二匹の猫を呼び立て、恐ろしい唸り声を上げて人を罵り世を呪う鬼女と化すウノさとは思えない。

まともな時のウノさをみんなは知らないのだと思うと、ミツは、なんだか人に知られてはならない大人の重大な秘密を自分だけが許されて抱え込んでいるような、密かな昂ぶった気持ちになるのだった。

諏訪湖の向こうには夏も雪を戴く八ヶ岳連峰が聳え、太陽と月が互いに手渡しをするように東に西に昇っては沈んでゆく。

流れ込むばかりで流れ出るのが天竜川一本しかない湖は、年々土砂で底が上がり、ついに水深十六メートルにも満たなくなっているのだが、それでも暴れ出すと手がつけられず、吹き荒れる風雨にうねる怒涛の咆哮は周辺一帯に響き渡る。天竜川への水門を開けると沸き立つ白い奔流の轟音、冬は全面結氷した夜の厳かな御神渡りの遠い地鳴りに、ミツは諏訪湖の雄叫びを聴く。

打って変わって穏やかに凪ぐ諏訪湖は、空と八ヶ岳と湖面の交わし合う眩いばかりに透明な光と翳が、ミツに明るいほどどけるような静寂を教える。

北西の低いなだらかな山並みに沿って細長く横たわるミツの村は、山と湖の幸を独り占めにしているが、陽は山にさえぎられてすぐに翳り、どこの町よりも早く日が暮れた。

その夕暮れがウノさを狂わせる。

六時のサイレンが鳴り終わると同時に、猫たちを物悲しく呼び始めるのだ。

ほーい、ほーい、帰ってこーい。

たこはちヤーイ、おちゃがらヤーイ、でべそヤーイ、おとらヤーイ、おかめヤーイ、ひょっとこヤーイ、はちまきヤーイ、はながりヤーイ、たんこぶヤーイ、おできヤーイ、とんこヤーイ、だいこんヤーイ、にんじんヤーイ、すってんヤーイ。

ほーい、ほーい、帰ってこーい。

一日中どこをうろついて手に入れてくるのか、ふやけてささくれだち崩れかけている縁側に煮干しや菓子を並べ、腹の底から絞り出すよく透る声で、奇妙奇天烈な滑稽きわまる呼び名を連呼する。

いつも同じ呼び名で順番も決まっているところをみると、ウノさには一匹一匹の猫の区別が出来ているのだ。

といって、ウノさの飼い猫かというとそうでもない。ほとんど野良猫に等しい彼らは野蛮で獰猛で狡賢い。周辺の家々の被害は甚大なのである。中でもミツの家は、隣家でしかも商家のために常に開けっぴろげとあって、彼らが欲しいままに跳梁跋扈するにはもってこいの侵略の地であった。

日に日に悲鳴を上げては追い回す馴染みの敵たちであるが、ミツにも誰にもどの猫がどの名前なのかさっぱり見当がつかない。

猫たちに呼びかけるウノさの声は高く低く尾を引き、月に向かって遠吠えする狼の咆哮のごとくミツの躰を刺す。そうしてウノさは次第に得体の知れぬ野獣に変身を遂げてゆく。

猫たちを繰り返し呼び立てる声に絞り出すような呻き声が混じるようになると、もうウノさは昼間のウノさではない。

たった一つのれっきとした台所道具である見事な三升釜で一合の米を研ぎながら、大音声で近隣の誰彼に悪口雑言の矢を放ち、憎しみと恨みの言葉を吐き始める。


そういやあ、おめさん、三軒先の山本だわね、まったくあんなドケチな悪党はいねえずら。貧乏人からゴボウ三本買って、二円ねぎるってもんだ。人のゼニかすめ取って目ェむくような豪邸おっ建ってたてよってからに。こりゃあ普通の人じゃあねえだわね。ゴンゲンサマァ、ちゃんと見ておいでなさるわね。そのうち大火事んなって丸裸、ってなもんだ。みんな手エ叩いてウハウハ喜ぶずら。

間島んとこの女房のおきん、とんでもねえ食わせ者だで。おっさんの留守を狙っちゃあ、昼間っから男ォ引っ張り込んで乳くりおって。その男っちゅうのが、まああきれたもんずら、隣のドケチの山本ときたもんだ。ゴンゲンサマァ、決してお許しなさらねえだわね。この間、おきんがヒイヒイハアハアおかしな声上げてるの、ちゃんと聞いちまったんだから。

間島のおっさんも頓馬なもんさね。そんな女房にでれでれ首ったけで気が付きもしねえ。馬鹿は死ななきゃ治らねえってのはこのこった。一日《いちんち》も早くバチが当たって、おきんも山本もおっ死《ち》ぬように願かけてやるっちゅうもんだ。もちろん間島の大馬鹿のこんこんちきも一緒だわさ。

乳くるっちゅうたら、隣村の林の野郎こそ許しちゃおけねえ。代議士先生のバッジか何か知れねえが、偉そうに自慢たらしくいっつも襟元撫ぜおって。子どもォ、高校へ裏口入学させたるのがオチだわね。そのあと母親を手籠めにするだで。断るとおのれの卑怯棚に上げて卑怯者呼ばわりするっちゅうずら。それで女が首くくって死にゃあ、へえ、こっちのもんだ、これで安心。高笑いが止まらねえって寸法だ。こん畜生!!　よくも見ておれ。子ォ思う女になり代わってゴンゲンサマに誓って必ず呪い殺してやるぞい。

そいでも、この女なんざあ、まだましな方さね。子ォ産むことが出来たでよう。子ォのために死ぬことが出来たでよう。

千年も万年も昔の昔から、ゴンゲンサマに誓って、子ォのために生きるのが女だで。子ォのために死ぬるのが女だで。それが人間の女っちゅうもんさね。誰がなんてったって、このことだきゃあ変えられねえわね。変えちゃあいけねえってゴンゲンサマが言っておいでなさる。

おめさん、好きな男の、子ォ、産みな。たんと、産みな。好きな男の子ォ産めぬ女ぐれえ哀しいものはねえで。

子ォ産めぬ女の躰から、それでも真っ赤な血が流れ出よる。ほれ、どくどく、じゅくじゅく、たらーりたらーり。見てござれ。ほれ、とくと見てござれ。

産みたい産みたいちゅうて泣いてござる。生まれたい生まれたいちゅうてもがいてござる。

おのれ、きさま、よくもよくも裏切ったぞい。アマテラスオオミカミサマもご照覧あれ。必ず必ずご照覧あれ。松の枝に逆さ吊りじゃ。あははは。貴様んとこの庭の松ァ、飛び切り上等の枝ぶりじゃて。さぞかし見ものだわい。背中から腹から、そのド頭から、この手で皮ひんむいて八つ裂きにしてくりょうぞ。

ほーれ、汚《きたね》え汚え真っ黒黒の五臓六腑引きずり出して、日向干しだあ。たちまち干上がるぞい。干しぼって、血痕一滴、みんごと跡形も無《ね》えぞい。

そーれ見たことか。思い知ったか。

あら嬉しや、可笑しや、南無、アマテラスさま、ゴンゲンさま。アハハハ――、イヒヒヒ――、ウフフフ――、オホホホ――。

誰彼なく手当たり次第の中傷で始まる呪詛の唸り声は、進むにつれて薄気味悪くくぐもり、戦いの前に身を震わせて低い唸り声を放つ獣のごとく、腹の底から呻き出る恨み節に変わっていく。

いつのまにかいつの時代とも知れぬドスの利いたやくざ口調になる嫋嫋の呪いは、突如としていきなり奇妙な高笑いを上げて終わる。そして幕を引くように本格的な夕闇が迫ってくるのだ。

吐き出すものを吐き出したウノさは一転、愛らしい声でぶつぶつ呟きながら、縁の外に積み上げられている石の竈に大釜をかけ火を焚く。その火が消えると、同時に彼女の声はハタと止み、闇と静寂がやってくる。するど、耳を塞ぐ恐ろしい彼女の呪いの雄叫びよりももっと得体のしれぬ恐怖と深い悲痛が、その静けさの中に漂うのをミツは感じるのだった。

ウノさの中傷はほとんど事実ではないが、まったく荒唐無稽な絵空事かというとそうでもない。彼女が軒並み順番に言挙げしてゆく大人たちは確かにそれぞれに存在していた。

その彼らが、自分たちに放たれるウノさの妄想と呪詛を茶飲み話に笑い転げるのを、ミツはいつの間にかウノさになり代わって聴いている。

ミツの周辺でウノさの攻撃の的にならない大人はいないが、ミツの祖父母の作造と藤子だけは決して登場しないところを見ると、ウノさが本当に狂っているとは思えない。そのことがミツを苦しめる。狂うなら完全に狂っていてほしいと何故か願わずにはいられなかった。

毎夕、天に地に叩きつけられる呪詛の一つ一つ、その抑揚の、激情の闇にミツは射すくめられる。まだ稚い未熟な細胞の襞々に有無を言わさず分け入ってきて、じっと潜んだまま、何かをもくろみ始めるのを感じている。

そのもくろみが一体何であるのかを摑めない焦れったさが、いっそうミツをウノさの冥《くら》い狂気へと引き寄せる。

「作造さ、いるかねえ」

区長の井沢が作造を訪ねてやって来たのは夕食を終えたしばらく後であった。

「あのなあ、例の件だけんど――」

「はあ、あのことねえ――。まあ、ちょっとお上がりなして」

藤子が一瞬、間を置いて応《こた》え、井沢を家に上げた。

内密の話らしくミツと姉のナミは二階へ追いやられた。

「井沢のおいさん、何の話で来たか、わたし知ってるえ」

二階へ上がった途端、ナミが顔を寄せて小声で言う。

「ふーん」

ミツは気のない返事をした。

三つ年上の中学生の姉はこのごろ急に肉付きが良くなり、彼女の分厚く膨らみ始めている胸が近づくと、ミツは訳もなく息苦しさを覚え目をそむけずにはいられない。息遣いを感じるのはもっと緊張を強いられる。

「ふーん、て、ミツ、気にならないん？」

「どうせまた何か配り物でもおじいちゃんに頼みに来たんとちがう？」

「ほらね、何にも分かっていないじゃあ。ウノさのことだよ。ウノさを脳病院へ入れるって話だよ、きっと」

ナミは得意げに言った。

「ねえ、どう思う？　ミツはけっこうウノさびいきだもん、怒る？」

「怒らないよ。だけど、ウノさは全部は狂っていないよ」

「そう言うと思った。けんど村じゅうみんなが迷惑してるじゃあ。うちだってあの猫たちに仏壇や台所荒らされたり。押入れもだよ。お洗濯物もしょっちゅうだしさあ、油断も隙もあったもんじゃないじゃあ。食べ物なんか絶対出しっ放し出来ないもん。

うちはそれでもまだましだよね、悪口言われないだけ。ご近所の人たちなんかたまったもんじゃないと思うよ。あれでごたごたする家がいっぱいあるって話だもん。

第一、夕方になると怖いじゃあ。みんな面白がってはいるけんど、ほんとは怖いんだよ。周りのみんなの方が気が違いそうだもん。しょうがないよ、ウノさも病院へ入っちゃった方が気楽で幸せだと思うけどな」

ナミは一気に喋ると、もう子どものミツなど相手にしていられないとでもいうように俯いて本を読み始めた。

ミツは窓を開けてウノさの家を見下ろした。

板が剥がれささくれ立った雨戸がミツの家の街灯に薄く明るんでいる。雨戸の内側は電気の配線が途切れているから真っ暗な筈である。つまりウノさは、夜明けとともに起き日が暮れると眠る、きわめて健康な日常を暮らしているのだ。昼間は間断なく歩きまわり、我が家に帰り着くやいなや近隣の四方八方へとどく大音声を張り上げてどす黒い祈祷や呪いで鍛える、脚や喉や腹が丈夫でないわけはなかった。

スースーと、ウノさの鼾が聞こえてきそうだ。

学校から帰ったミツに駄菓子をくれたことがある。

捻《ひね》ったちり紙を両手に包むようにしておずおずと差し出した。驚いて立ちすく

んだミツに、

「おいしいえ、お食べなして」

恥ずかしそうに言い、ニッと笑った。

ウノさの姿が見えなくなるのを見すましてその菓子を捨ててしまったことを、ミツは微かな罪悪感とともに思い出すともなく思い出す。

「寒いじゃあ、閉めてよ」

ナミが不意に不機嫌な声を上げた。

四月とはいっても夜はまだ寒い諏訪湖畔はところどころに固い根雪を残し、観光シーズンを待ってひっそりしている。

窓から眺めるこちら側の低い山並みの黒い影と、湖の向こうに聳える八ヶ岳の頂の万年雪の白い翳、そしてラジウムが発光しているかに仄かに明るんで盛り上がって見える湖の広大な翳が、湖畔の闇を際立たせている。

此処よりほかの世界をまだ知らないミツには、この窓から見える静まり返った夜の世界が、〈永遠〉という時を形にしたものに思える。すると自分もウノさもナミもみんな永遠の命を生きているような、しんとした静まり返った気持ちになるのだ。

その闇の底に沈みウノさが喚き疲れておとなしく眠っているのだと思うと、何だか知らないが可笑しい。

するとブルージュというところに居るという母の多美子ももう眠っているのだろうか。

「ブルージュはもう寝てるずらか」

「起きてるよ、きっと」

ナミが鸚鵡返しに応える。

「何よ、急に」

「何って、何も」

「大丈夫、大丈夫、多美子さんて、強い人らしいから」

ナミはまた鼻唄でも歌うように脈絡のないことを呟いた。

そして本を閉じると立ってきて、ミツに閉めさせた窓を開けた。

身を乗り出して夜空を仰ぎながら、

「こっちの夜があっちの朝だもんね。母恋し、か」

「そんなんじゃないよ」

「そいじゃあ何なのよ」

「だから何でもないってば」

「へえ、そうかなあ。こっち、向いてみ」

「しつこいなあ」

「うそ、うそ、このうそつき、――」

いきなりナミに押し倒され転がった。

ウノさの猫たちのように乱暴にじゃれ合っている時だけ、二人は年に一度しか帰って来てくれない母親のことを思う存分思うことが出来る。

ベルギーというとても見当のつけようのない遠い北の国のブルージュと呼ぶお伽噺のように美しい古い街で、レース編みと刺繍のデザイナーをしているという母親の多美子は、ナミにとってもミツにとっても、仏間の鴨居に飾られている額縁の中の父親の与志夫以上に、現実感の薄い〈物語の女〉でしかないが、彼女がやって来るたびに床の間に二つずつ増えるレース編みの白鳥や蝶や大輪の薔薇は、魔法のように安心の拠りどころなのだ。

井沢が書類を抱えてまたやって来た。

藤子は東京からだと言い分厚い手紙を渡しながら、

「これを読んでおくれなして。当分の間、このままそっとしておいてもらうしかしょうがないですずで。堪忍おしなして」

何度も頭を下げる。

「そりゃあ、兄《あに》さの隆一さがそう言ってなさるんじゃ、しょうがないわなあ。だけんど、このまんまじゃあ、いずれみんなを抑えようがないずら。ウノさだってどんどん齢をとってくしなあ。それに病気にでもなったらどうするずら。ほっとくわけにいかんしねえ。

民生の土田さんも頭抱えちまってるんですわ。隆一さはそこらへんのこと考えてくれておいでかねえ。遠くにおんなしたら見えないことも沢山あるっちゅうもんずらに。困ったもんだで」

「ごめんなして。いっこうにお役に立ちませんで」

「いやいや、作造さやお藤さには何も責任ないで。かえって気の毒かけて済まんことですわ。ま、ゆっくり、この手紙読ませてもらいます」

井沢は、それでもまあ見ておいてやと言いながら、持ってきた書類を縁側のふちに滑らせると、上着のポケットからはみ出すウノさの兄の手紙を何度も押し込みながら、藤子と頭を下げ合って帰って行った。

藤子は縁側に座ったまま、井沢が置いて行った病院のパンフレットや福祉行政関係の書類を広げて見ている。

「ミツちゃん、まあ見てごらん、いろいろあるもんだねえ」

近づけないでいるミツに呟いた。

「内緒じゃなかったん、さっきの手紙。何？ 隆一って、ウノさのお兄さんだよねえ。脳病院、もう行かないでもよくなったん？」

「まあまあ、そんなに次から次と。ミツちゃんはせっかちだねえ」

藤子は可笑しそうに笑った。

ときどき作造と藤子が声をひそめて口にする隆一という名前は、ミツに微かな興奮をもたらす幾つかの記憶の一つとなっている。T大を出て経済産業省に勤めたがすぐに辞めたこと、今は繊維関係の大きな会社を経営するこの地の成功者の一人であること、ずば抜けた秀才でとてもいい人なのだと言うときの藤子の表情までもが、ミツのウノさ贔屓をかきたてている。

「もともと遠野さんとこは頭のいい筋でねえ、ウノさも隆一さも賢くて、そのうえ可愛いしで、そりゃあ評判の兄妹だっただえ。代々の豪農で財産家だったから、一人娘のウノさのお嫁入りん時はまあどんなもんだったずら。ちょうどナミちゃんが生まれた年だったねえ。そりゃあもう豪勢でね、ウノさもお雛様かお人形さんみたいに眩しかった。今でも目にちらつくえ」

「ふーん、ウノさ、ちゃんとお嫁に行ったんだ。それがどういでずら」

「そうだねえ。行ったことは行ったんだけんど、四年ぐらいで戻ってきたかねえ。なんでも、子供が出来なかったから返されたんだとか、旦那さんが遊び人でちっとも家へ帰って来なかったからだとか、人はいろいろに言うんだけどね。

それがおかしいねえ、ウノさの離婚をきっかけにして遠野さんとこはどんどん傾き始めただえ。もともと借金か何かで困っているとこへ持ち込まれた縁談で、その借金の肩代わりを条件に飛びついたって噂だけんどねえ。しかもウノさには死ぬほど好きな人があったのに無理矢理お嫁にやられたもんだからああなっちゃったんだって、それが遠野さんとこの運の尽きだったなんて、いろいろ聞くとねえ。

そうかも知れないねえ。

ほんと、ウノさが戻って来てからはたちまち田畑山林、みんな売りつくしちゃったでえ。あれよあれよという間に親は続いて亡くなっちゃうしね。それからずっとウノさは独りぼっち。隆一さは村の出世頭だもんね、東京で世帯持って立派にお暮らしんなっていて、もう帰っておいでることはないようだよ。そりゃあ頭の低い、優しくていい人なんだけどねえ」

「そんなん、どこがいい人なん。お兄さんじゃあ。妹がこんなになっているっていうのに来ようともしないなんて、おかしいよ」

「そりゃ、たった一人の妹だもの、気にならないわけないじゃあ。いつでも頼む頼むって手紙書いておくれだよ。それ読むたびに、おばあちゃん、ああもっとよくウノさの面倒見てあげなくちゃって思うだえ。

今度の病院行きの話もね、無理矢理連れて行くことだけはどうかしないでほしいって。手紙読んで、おばあちゃん、泣けて泣けてね。きっと、来れないには来れないだけの何か事情があるんだえ」

書くぐらいいくらでも書けるじゃあ、と言おうとしてミツはやめた。

藤子にそれは意地悪な言い分であった。その隆一という人の手紙に素直に涙を流す、そんな祖母が好きだからでもあった。

しかしさっき井沢が眉をひそめて言い残した、ウノさがみんなにかける迷惑やウノさの病気や老後のこと、福祉関係者の責任のことなどについて、東京にいる人がつぶさには分かってはいないということも確かなことに思える。

「その、来られない事情って、おばあちゃんには話すべきじゃあ。親類はどうなってんの？　おかしいじゃあ」

「さあ、どういう訳かねえ。気の違ったウノさや没落してしまった家を見るのが辛いんじゃないかねえ。いろんな噂もついてまわるしねえ。ウノさの親族はみんな、いつのまにか寄り付かなくなってバラバラになっちゃったえ。人間って、そんなもんだよ。弱いだえ。今はもう探しようもなくなっちゃったじゃあ」

「それでその皺寄せが村のみんなに来るってわけ？」

藤子は眼を上げてミツをじっと見つめた。

「そういうことになるねえ」

「ウノさを棄てたんだね」

「そういうことになるかねえ」

「それでおいて、村のみんなに優しくしてやってくれって言うんだね」

返事の出来なくなった藤子にミツはまだいっぱい訊きたいことがあるような気がする。

「なんだかよく分からないけど、やっぱり変な話だよ。ウノさも村の人たちも可哀相すぎるじゃあ」

「だからねえ、隆一さは、村に済まない済まないって、毎年沢山の寄付をしてくれだえ。ミツちゃんの小学校の体育館、あれも隆一さの頭金があって出来たんだよ。うちにも毎年、暑中見舞いと年賀状、欠かさず送っておくれだしねえ」

ミツは藤子の膝に載っているパンフレットを手に取って見た。

表紙には、脳病院ではなく、これから出来上がるらしい病院を兼ねた特別養護老人ホームの仕上がり予想図が、明るい彩色で夢のように描かれている。もう一冊は大病院の神経内科病棟の要覧であった。

ホテルと見まがう明るい個室や大部屋、レクリエーションホールや食堂や庭園のカラー写真が、草花を散りばめて頁を埋めている。脳病院の代名詞になっている高原療養所のパンフレットは、縁側の板の間で見開きのまま薄い陽を浴びている。

本当にこの絵や写真の通りならウノさが病院に入るのも悪くないと思える。

「おばあちゃん、脳病院には監獄みたいな鉄格子がはまっているって聞いてるけんど、嘘ずらか。このどれにも、そんなもん一つも無いもんね」

「さあねえ、おばあちゃんには分からないよ。だけどあったとしても、そんな恐ろしいもの、ここに載せるわけないじゃ」

そう言ってから藤子はしまったという顔をした。

「それよりミツちゃん、自分のこと考えなきゃね。今度、病院、いつ行こ」

「いつでもいいよ」

話の続きで返事をした。

心も躰も朗らかに順調に成長しているナミの傍らで、ミツがひ弱く、もうすぐ十二歳になろうかというのに八、九歳にしか見えないことを気にして、藤子は病院へ連れ歩くのである。見かけの躰は稚いのに、見えないところの神経や情感が変に早熟なのも、祖母にとっては心配の種であった。

藤子の頭の片隅にはいつもウノさの面影がちらついている。何故か分からないがそのうっすらと蠢く黒い翳がミツと重なるのを恐れている。躰さえ人並みに大きくなれば孫娘にそんな心配はなくなるとひたすら思い込んでいる彼女は、思いつくとミツを病院へ誘うのである。

ミツも、いやむしろミツの方が、そんな危うい感覚と不安の内にいる。

自分と違いすらりと背が高く色も白い真っ黒い瞳のナミの、このごろ妙に丸みを帯びてきた躰が得体の知れぬ重苦しい圧迫感を放つのを受け止めかねている。むっとするような饐えた匂いをさえ感じてふと逃げ出しくなるのだ。

何があっても、どんな変化にも、まわりのみんなが平然と暮らしているのが不思議でならない。ミツはいっそう苦しくなるというのに。平然としていられない自分を隠さなければならないと漠然と決意している。だから藤子の孫娘を思う病院通いにも殊勝な顔をして従うことにしている。

といって、いやいや従っているわけでもない。やはり人並みかそれ以上に大きく高くなりたいのだ。その方が美しいに違いないと思うからだ。しかしミツが望んでいるのは白い柔らかい肉に包まれてすらりと伸びる姿形であって、躰が成熟するということではなかった。はっきりとは自覚しないが、肉体の成熟を拒否していた。

病院通いはそんな自分のカモフラージュらしいと感じている。医師と祖母を騙すひそかな快感さえつきまとっている。それに、自分のことを心配してくれる人のいい祖母の藤子と連れ立って歩く互いに優しい感情を手放したくはなかった。

藤子はまた新しい病院を聞きこんでいた。

医師は苦笑まじりに、まあそのうち大きくなるでしょう、まだ十一歳ですからね、これからです大丈夫ですよと、眼鏡の奥で励ますように笑った。

ビタミン剤と食欲増進の胃腸薬をもらい、藤子は満足して大事そうに手提げ袋にしまう。

「お医者さん、みんな同じことばかりじゃあ」

病院を出るとミツも同じことを言う。

「そうかねえ、いいお医者さんだと思うけどねえ。今度も大丈夫だって言ってておくれたよ。大きくなるって言っておくれたえ」

「でも変な笑い方だったよ」

「そうだったかねえ。ミツちゃんはまあ、おばあちゃんが気がつかないことによく気がつくんだねえ」

藤子はあやすように言う。

「この間、ウノさんが、あの大きなお釜でパンティー洗ってたよ。見たら、お釜の中、真っ赤だった。元気なのに。大丈夫かなあ」

いきなりミツはわざとぶっきらぼうに言った。

藤子が動揺しているのがわかった。やはり言ってはいけないことだったのだ。ミツにしても答えを聞きたくないような気もある。

漠然と感じているタブーであった。ミツは慌ててこだわっていない風を装う。

「もう当分、病院へは行かないよ。いくら行ったって同じだもん。いいよ、このまま大きくならなくたって」

「そうだねえ、根気よく待ってみようかねえ。ミツちゃんがこのままでいる筈ないもんねえ」

ほっとしたように顔を上げて、藤子はミツの頭の先から足の先まで絵でも見るように眺めて、

「びっくりしたえ、何を言い出すかと思った――」

「ウノさが乗り移ったと思ったん？」

「そんなんじゃないけんど――」

そのまま黙って歩く。

ミツの記憶の中に幾つかある秘密の記憶がしつこく蘇るのはこういう時である。誰とも、たとえその記憶の場面に一緒にいた者とでも、後になってそのことには絶対に触れたくない、そして消しようのない、罪の赤ん坊のような秘密。無知で無垢な好奇心が産み落とした滑稽にして残酷きわまる実験。

それがウノさの真っ赤な釜の中と繋がっているのかいないのか定かではないが、どこかで繋がっているような気のする遠くて確かな記憶がミツを脅かしはじめる。

ウノさおにっこあくまのこ　おんばひがさでそだてられ　あかいべべきてよめいってかえる　さわるなしゃべるなこえきくな　きもをとられてころされる　それでもかわいや　ねこばばウノさのまたのなか

小学校へ上がったばかりであった。

近所のリカや玉枝や昌男、ひろしたちと小高い墓地へ通じる土手を走りまわり、土手から見え隠れするウノさのあばら家の崩れかかった屋根を見下ろしながら、声を合わせて根限りの声を張り上げて囃し立てる。

意味は分からないが、残酷で卑猥なその言い回しは囃せば囃すほど心と躰にからみついた。熱に浮かされるように粘っこく赤黒い秘密の世界へミツを攫い、限りなく強引であった。

憑かれたように唄いながらみんなで墓地を駆け降りる。

そこには道路工事の縄が幾重にも張られ、数人の作業員が路端に尻を落として休んでいた。

その中の一人がこぶしを突き出す。中指と薬指の間から親指の爪先をのぞかせる。その拳にもう一方の手の人差し指を突き刺しながら同時に必ず発せられる卑猥な言葉が、その日もいつものように子供たちに投げかけられた。

「ようようねえちゃんたち、その唄の意味、ちゃんと分かって唄ってるんか。こっちへ来いや。やさしいに教えたるで。気持ちよくしてやるからよう」

怖い。ミツたちは口をつぐんで後ずさりする。一目散に駆け出す。

息せき切ってたどり着くのはリカの家だ。

リカの両親は働きに出ていて昼の間は子供たちの溜まり場になっていた。台所に駆け込むと、それぞれに茶碗やコップを取り出してがぶがぶと喉を鳴らして水を飲む。

「ねえねえ、いつも思うんだけど、あのおいちゃんたちの言うことほんとずらか」

「何が」

「何がって、ほれ、あのげんこつ。あの指さあ。男と女ってほんとにあんなことやるずらか」

「やるさやあ。でなきゃあ、子供が産まれないじゃあ」

ひろしが言った。

「絶対にやらないよ。そんなこと出来ないよ。出来っこないよ」

ミツが言った。

「そいじゃあどうやって赤ん坊が生まれるずら。犬や猫もやってるじゃあ。映画やテレビでも大人は裸で抱き合ってるじゃあ。ミツちゃんは何にも知らないんだね」

「犬や猫は獣《けだもの》だもん。映画やテレビは映画やテレビじゃあ。あれはお芝居じゃあ。裸で抱き合うことが何でそういうことになるん。それに赤ちゃんて一番大事なものだよ。そんな大事なもんを、おしっこやうんちをする一番汚いところで作るわけないじゃあ。人間だけは違うと思うえ。きっと人間は人間らしいやり方で子供を作るんだよ。その方法はその時だけ大人が知らされる秘密かも知れないじゃあ。そのくらい神聖な大切なことなんだよ、子供を産むって。絶対だよ」

言い張るミツにリカが言い出した。

「ちょうどいいじゃん、もうじき由香が幼稚園から戻ってくるで。ひろしんとこの昇も帰ってくるずら。出来るか出来ないか二人にやらせてみるじゃあ」

リカの妹の由香とひろしの弟の昇が帰ってきた。

彼らは何も分からないままに裸にされ、由香は板の間に仰向けに寝かされた。昇は由香をまたいで局部を合わせるように命じられ、彼の土筆のような可愛らしいものを由香の桃色にぷっくり膨らんでいる柔らかい肉の割れ目に入れるよう強要された。

リカとひろしが何とか入れようと試みるがミツの勝ちであった。

「お医者さんごっこ、終わりだよ。もういいよ」

兄と姉はベソをかいている弟と妹の頭を撫ぜて服を着せた。

悪童たちから少しの菓子をもらい、幼い二人は逃げるように遊びに出て行った。

あの作業員たちが言うような行為は人間にはあり得ないことが証明されたのだ。

それはミツの確信になった。絵や写真や本にそのことがいくら描かれていても、それは絵空事、創造の産物でしかないものになった。女の躰の仕組みは仕組みとして、時計を分解して理解するように理屈としてのみ納得した。

祖父の作造と祖母の藤子を観察して見ても、その確信は正しいことに思えた。にもかかわらずミツの躰には、あの囃し唄のリズムがそこはかとなく疑う余地のない現実として踊っている。

ウノさの猫たちがいつにもましてミツの家で暴れまわったのは、ミツの病院行きから数日後のことであった。

供え物をうっかり下げ忘れた仏壇の仏具が倒されて転がり、押し入れの布団が引き裂かれ、尿の黄色い染みが獣の匂いを盛大に放っていた。張り替えたばかりの障子が破られ、何本もの桟が折れている。泥だらけの足跡が台所に続き、卓上にあった食物は残らず捨てることになった。

ウノさの異変に気付いたのは藤子である。

ウノさがいないのだ。そういえば前夜は呪詛の声が無かった。

夕暮れ、決まった時間に呼び集められて、ウノさが縁側に並べる何処からか手に入れてくる食べ物にありついていた猫たちの狼藉は、せいぜい他人の家の中を走りまわり、うっかり出しっぱなしになっているご馳走を遠慮なく腹におさめ、時には気に入ったものを喰わえて持ち去るといった、ありきたりのことであった。

飼われているのかいないのか判然としない彼らであったが、ウノさが一昼夜いないだけで乱暴きわまった猫たちの生態は、餌だけでなくウノさの魔力が彼らを制御していたことを証《あか》したようだ。

「まさかと思ってたけんど、へええ、ほんとにあの呪い、効くんだ。怖いよ。ぞっとするよねえ、やっぱり魔女なんだ、ウノさは」

ナミは大袈裟に言い、肩をすくめた。

ウノさは道に迷っていたのだった。二十六キロ離れた町の派出所から電話があり、作造と藤子が迎えに行った。

ウノさは本当に飛ぶように歩いていたのだ。

「一日か一昼夜で二十六キロだよ。信じられる？　ますますもってウノさは魔女じゃあ。目を見たら駄目だよ、祟られちゃうよ」

ナミがはしゃぐ。

事件の結果はすぐに顕れた。猫たちの被害に遭った家々からの突き上げが激しくてと、困り切った井沢と民生委員の土田が連れ立ってやって来た。

「やっぱりもう一度真剣に病院か施設入りを考えておくれでないずらか。隆一さに、村の人たちの我慢ももう限界だと取りなして下さいや。それに道に迷うなんてことがこうして起きてくると、いよいよウノさの今後のことをちゃんと考えてやらんといけない時期が来ているようだで。わしらからも手紙を書かせてもらうけんど、やっぱ、隆一さを説得できるんは作造さ、あんたしかいないで。お頼みします」

二人はかわるがわる頭を下げて帰って行った。

しかしそれからのウノさは急におとなしくなった。

早朝に起き出し、大釜で顔を洗い、間もなく何処へともなく出かけて行く日常は変わらないが、夕暮れ時の他人を誹謗中傷する罵詈雑言の咆哮ははたと止み、自分の人生を呪い女の躰を呪う天に復讐を誓う呪詛だけが、ウノさの健在を誇示するかのように高く低く薄闇を震わせて四方の家々にとどく。

人々を恐れさせていた脅迫的な衝迫はなく、肺腑をえぐる切々としたもの悲しさだけが余韻を残した。

いつの間にか村はもとどおりの寛容を取り戻し、ウノさの始末についての思案はまた立ち消えになった。

小学校の卒業式を明日に控え最後の授業を終えたミツは浮き浮きしていた。

三月の諏訪湖はまだ氷が溶けず、一面に薄く降り積んだ雪や霜も凍てついて、小春日和の明るい日差しに月面のような硬質な照り映えを見せている。その微動だにしない氷の湖上を風がさらさらと渡ってゆく。一変して赫々と燃え滾る夕焼けが湖上に黄金の帯を敷く。

この湖からたったひとすじ流れ出る天竜川が流れ流れて太平洋に注いでいるのだと知って、諏訪湖がまだ見たことのない海に繋がっていることに、ミツは訳もなく誇らしい喜びを抱いている。

その海はまた母の多美子が居る国に繋がっているのだ。

一年に一度、飛んできて夢のようなレースの人形やバッグを置いてゆく渡り鳥のような母親は幻でしかないが、この湖から続いている幻であるなら、どんな現実よりも確かな信じられることに思える。

四月になると、天竜川の流れ出る出口に架かる水門を渡って対岸の中学校へ通うことになる。その中学校をミツと入れ違いに卒業するナミは、さらに遠い高校へ入学が決まっている。

ウノさは昨夜、いつもの祈祷と呪詛を終えたあと、どういう訳かあの薄気味の悪い笑い声を上げず、かわりにアーラウレシヤ、アーラウレシヤと、意味不明の喜びの言葉を呟き続けていた。

何もかもが変わらず平穏で、何もかもがすっかり新しくなるような、そしてどこかで虎視眈々と意気込んでいるような、明るい日差しの昼下がりを帰ってきたミツは、卒業証書と通知簿を胸に抱いて、藤子を探した。

細い廊下の奥の手洗いの前にしゃがんでいるほっそりした背中は多美子であった。

いつだって突然娘たちの前に現れる母親である。驚きよりも嬉しさよりも、ついさっきこの人のことを考えるともなく考えていたのだと、その思いの中でミツは佇んだ。

娘に気づかない多美子は、駱駝色のセーターの袖をたくし上げて剥き出しにした白い両腕を青いポリバケツに突っ込み、何かを一心に洗っている。

ミツの視線にふと振り向いた多美子の腕の動きが止まり、久しぶりに我が子に逢う喜びの抱擁どころか、たちまち朱の差した顔に困惑と羞恥の入り混じった驚愕の表情を浮かべた。

ミツもまた狼狽えていた。

血だ。バケツ一杯の血だ。ママが死んでしまう。人は血を三分の二失うと死んでしまうと聞いているミツは悲鳴を上げた。

「大丈夫？　ママ、大丈夫？　お医者さん呼んでくるで。待ってて、ママ、――」

「まあ、ミツ、ちょっと落ち着いて」

多美子はミツの手をしっかり握って座らせると、姐《あね》さん被りのネッカチーフを取り、その美しい色模様のチーフで惜しげもなく赤く濡れた手を拭いた。

「だってママ、こんなに沢山――」

「これはね、ほとんど水よ。これ全部、血だと思ってるの？　困ったわねえ、ミツはまだ何にも教えてもらっていないのかしら」

「そいじゃあ、これって、あの――」

「そうよ、月経。もう知ってるわよねえ」

「でも、こんなに沢山。ほんとにこんなに沢山、毎月――」

「まさか。水よ。下着を洗ったから赤く染まってるの」

「――」

「そうよねえ。血って凄いわねえ。こんなに沢山の水を真っ赤に染めてしまうんだもの。怖いぐらいよねえ」

ようやく優しい笑顔を見せて、多美子は洗い物の続きを始めながら、

「あのね、ミツ。ママがこれだけはこうやって洗濯機を使わずに手洗いをするのはね、この血がとっても尊い大切な血だからなの。ママもママのお母さんから教えられたのよ。一人の赤ちゃんを産むために、赤ちゃんになれなくて犠牲になってくれる血だもんねえ、勿体ない血なんだって。粗末に扱ったら罰が当たるって」

「わたしはいいよ」

ミツは小さい声で呟いた。

えっ？と訊きなおそうとした多美子はすぐその意味を悟り微笑した。そして何でもないことのように言った。

「そうよね。これだけは必ず自分で始末しなきゃいけないんだもの、遅いほうが断然らくよ。ナミは早過ぎて可哀相だったわ。小学校四年生になったばかりで始まっちゃったもの。藤子おばあちゃんが不憫がっていたわ」

あの姉の躰が今の自分より三年も前から大人の女の生理を抱えていたなんてミツはまったく気がつかなかった。

ナミは何食わぬ顔をしながら、まだ十分に子供っぽい顔の奥で、その躰の内側で、今ミツの眼前にあるこの真っ赤なものをせっせと蓄え、毎月一回放出していたのだ。そんな大変なことを誰にも気づかせず平然とやり遂げている姉が信じ難い化け物に思える。

不意に、いつか見たウノさの釜の中の真っ赤な色が浮かんできた。

きもをとられてころされる、それでもかわいや、ねこばばウノさのまたのなか。できたこどもはこんこんはんきち、はんきちウノさがこいをして、あかいこしまきみーえた、みえた。

ウノさの躰も多美子の躰も、ナミの躰も、みんなあの真っ赤な血を作り続けて止まないのだ。そして密かにせっせと下着を手洗いしているのだ。ミツと三つしか違わないナミが、もう五年もウノさや母の多美子と同じことをし続けて、平然と何でもない顔をしていたのだった。

みんな、ウノさの釜の中と同じ血を作り続けて流している。

ミツは女たちに騙されてきたような気がした。

「ミツももう中学生になるのねえ。ナミは高校生だし。二人とも、これからこれから。ママ、ほんと、楽しみ」

バケツを持って立ち上がった多美子は、ミツが胸に抱えている卒業証書と通知簿に目を留めた。

「ああそうだったわ。おめでとう。そのためにママ帰って来たのにね。ミツに隠しごと見つかっちゃったもんだから、すっかり慌ててうっかりしちゃった。ごめんね。あとでゆっくり見せてもらうから。先に写真のパパに見せてあげておいてよ」

嬉しそうに言い、ミツを背中から抱きしめた。

ウノさが倒れた。

まだ夜が明けない薄闇を叩き、ミツの家の玄関に倒れこんだ。

夏も近いというのに寒い寒いと震えながら、胎児のように体を丸め三和土に転がって手を合わせるウノさを、ナミとミツが藤子を手伝って布団に寝かせた。

前日の夕方にはいつもと変わらず元気に呪詛の唸り声を上げていたのだ。高熱に魘《うな》されるウノさの呻き声は途切れ途切れにか細く可憐であった。

熱に浮かされている赤い顔の眉間には深く太く彫り込まれたように皺が二筋、不気味な汗を浮かべているが、あの大釜で毎日洗っている額や頬や鼻翼の張りは、藤子が繰り返し話す若いころの清楚な美しい面影を残しているようだ。その面影に白髪が多くなった蓬髪が捩れてこびりついている。

作造が医者を呼んだ。

ウノさはしきりに手を振り拒んだが、医師はかまわず胸をはだけた。というより垢で強張っている襤褸を剥いだ。

「まあ、なんてウノさは綺麗な肌をしているだかね」

藤子が感嘆した。

ミツはナミと顔を見合わせた。見てはいけないものを見てしまった気がした。

「たしかまだ四十代だったねえ。なんと勿体ないことだか」

聴診器を当てたまま、医師が藤子に応えている。

勿体ないという言葉を何処かで大切な時に聞いたことがあるような気がした。まるでバケツで下着を洗うために飛んで帰って来たかのように、またすぐ飛び立って行った、母の多美子の言葉だ。あの赤い血だ。女の内側でせっせと蓄えられ空しく放出される、多美子が尊いと言ったものだ。

ミツはナミをそっと見た。ナミは妹をつついて、

「ほんと、わたしの胸よりいい形をしてる。色も白いし。ウノさ、襤褸の中でこんなに綺麗な躰してたんだ。負けた」

大真面目に囁く。

ひくひく刻んでいる胸の蠕動に混じる荒い苦しそうな呼吸がときどき止む。ミ

ツはそのたびに不安になり医師の表情を窺った。

医師は肺炎を起こしていると言い、

「入院しなくていいですかねえ」

藤子が、ウノさの病状の心配ばかりでなく、戸惑いとさまざまな思惑を兼ねた面持ちで尋ねると、

「そりゃ入院することに越したことはないですわなあ。しかしそういう訳にもいかんでしょう。迷惑でしょうが、差し当たりこちらへ置いてやっていただくより仕方ないですな。この時期だから室温はこれでいいとして、出来ればお手数ですが、湯を沸かして枕元で湯気を立ててやって下されば。それで有難いとせんとねえ」

「はい、勿論出来る限りのことはしますで。区長さんにも相談しておきます。東京へも連絡させてもらいますわ」

「その方がいいですなあ。そろそろ本当にウノさのこと、真剣に手立てを講じてやらんといかんでしょう。ま、ウノさは幸せ者ですわ、羽山さんとこがお隣だったで」

何もかも事情を呑み込んでいるばかりか、ウノさのあらぬ中傷や誹謗の被害者

でもある医師は、苦笑交じりに作造と藤子をまじまじと見つめた。

作造の知らせで井沢と土田が揃ってやって来た。

「東京は何て言ってるだかね」

というのが挨拶代わりであった。

「それが、電話を入れてるんですけどお留守みたいで、なかなか」

「ほんだから言わんこっちゃないじゃあ。隆一さもいい気なもんだで」

あからさまに矛先が兄に向けられた。

それでも二人はウノさに気を遣《つか》っている。

彼女が元気になればまた何を言われるか分からない。区長と民生委員としては、これだけ自分たちがウノさに配慮し苦慮しているのにという苛立ちがある。その上に結果的に怠慢を責められることを恐れている。焦燥と怒りの持って行き場がないのだ。

作造と藤子の沈黙に、二人は言い過ぎたかとたちまち気を取り直すのだった。

「すまないねえ。いずれにしてもウノさは羽山さんとこあってこそだで。たんと幸せだと思わなきゃなあ」

医師と同じことを言い、

「そのうちに隆一さとも連絡がとれるやろし、向こう二、三日の様子次第にするきりしょうがないわなあ。まあ必要な時にゃあ強制収容の手続きをとらせてもらうで。そのことは安心しててや。そのつもりでいて下さいや。お願いしますで」

井沢と土田は眠っているウノさの顔を眺める。

「こうして見ると、やっぱ、昔の面影あるなあ。どんなに可愛くて綺麗だったずら。なんでこんなことになっちまったかねえ」

井沢が言った。

夜になって東京と連絡がとれた。

作造が話したあと、替わった藤子がウノさの耳に受話器を当ててがってやろうとすると、頑なに顔をそむけて振り払おうとする。

「隆一さだで。お兄さんだで。心配しておいでや。声だけでも聴くじゃあ」

藤子の誘いに、受話器の向こうでも、いや結構です、どうせ分からないでしょうから、と繰り返している。

「しょうがないねえ。ウノさ、兄さんのお声を聴くこんないい機会ないずらに」

受話器を収めると、藤子は諦めきれないように呟いた。

隆一はやはり来ない。すべて作造夫婦に任せ村の決定に従うから必要な書類を送ってほしい、判を点いて返送するからよろしく頼む、ということであった。

そこまでして兄がたった一人の妹の棲む故郷へ帰って来ないのには何か重大な訳があるに違いなかった。そのことを作造も藤子も知っているから、東京の人を赦し責めることをしないのだろう。井沢や土田や村の人々もその訳を何となく感じているのだ。

翌日、ミツはウノさのあばら家を守り抜くかのように一本だけ残って枝を広げている杏の樹の下にいた。

ミツが生まれる前からすでに古木であったらしい瘤だらけの大樹は、数年前までは鬱陶しいほどに立派な実を付け、背の高いナミが飛びついては捥ぎ取り、ウノさに追いかけられたものだった。どういう訳か去年も今年も実を付けず殺風景だ。よく見ると瘤は膿のような脂を溜め、幹には灰をまぶしたように油虫がべっとり張りついている。

風除けにもなりそうもない朽ちた雨戸は、ちょっと押すと乾いた音を立てて内側に倒れて割れた。

すでに用をなしているとは思えない腐った畳には、ただ一つ、不似合いに磨き上げられて鉛色の光を放つ大釜が主のように鎮座していた。分厚い木蓋がその光をどっしりと抑えている。

そこには大釜を叩きながら夕闇に呪詛と哀切の咆哮を放つウノさの姿が焼き付けられているようであった。

ミツの耳にウノさの不思議に可憐な呟きがまつわりついている。

ナミと二人で替わるがわる冷やしたタオルをウノさの額に当て続けた一夜の、ウノさの苦しそうではあるが熱に浮いた静かな寝顔が語りかけてくる。

ウノさ用と藤子が言い、ウノさが駆け込むたびに緊急動員される、牡丹の大輪が覆うふかぶかとした布団にくるまって安心して眠る彼女の顔が、きっと正気のウノさなのだ。

畳も無くあちこちに洞穴のような穴を空けていて、踏み込むことなど出来そうもない板の間の奥に、一棹の箪笥があった。

引き出しが少しずつ引き出されていて、衣類が盛大に雪崩れ出ている。子どものミツにも一目で高価な上等なものだと分かる、美しい着物やドレスであった。

引き出しを引き抜くと、ゴキブリの死骸がこびりついていた。ゲジゲジとコガネムシが這い出してきた。何かの虫の蛹が干からびて固まっている。

すでにウノさに成り代わっているミツは、悲鳴を上げることさえ思いつかないままに、見つけ出したのは、それだけが訳ありげに畳紙に包まれている、緋色の長襦袢とその襟元に挟まれた一枚の写真であった。

白黒の写真はセピア色に変色しているが、そこには一組の男女の姿があった。女が若い頃のウノさであることは一目で分かった。男は誰なのだろう。二人は吸い込まれそうに真剣な眼差しをセピア色の中からミツに向けてきた。

裏返すと、隆一・十九歳、ウノ・十六歳、と、やはり色褪せているペン書きがあった。

ミツは長襦袢と写真を引き出しの底へ戻し、その上へ元通りに襤褸を積み上げた。

それから長いこと大釜の傍に座っていた。

十二歳のミツには分かりそうで分からない焦れったいことが多すぎる。一度も手を通したことがなさそうな襦袢の、今も眩しい燃えるような緋色が、釜の中のあの真っ赤な色に重なる。

その緋色の襦袢を、ウノさは誰から贈られたのだろうと考えるとなんだか目眩《めまい》がした。

今度もウノさは危機をくぐり抜けた。

五日目の朝、藤子が起きてみると寝床はきれいに畳まれていた。

夕方には、前にも増して張りのある高音とドスの利いた低音が空気を切り裂き、ウノさの快調をみんなに知らせた。

しかもウノさは雨乞いをしたのだ。

梅雨の季節というのに雨の降らない日が続いていた。半農半漁の多い村の暮らしには雨の季節の雨は必須の恵みである。その恵みに見放されて困り果てていたところへのウノさの雨乞いであった。祈祷というより呪詛に近かったが、雨乞いには違いなかった。

悪口雑言の舌鋒が最高潮に達したとき、突然、雷の物真似に変わったのであった。

ごろごろごろ――、ごろごろごろ――。ひょおうっ、ひょおうっ、からからからから、どしゃあーっ。からからからから、どしゃあーっ、きゅおーん――、きゅおーん、ぱりぱりぱり――。ぱりぱりぱり――。

なむアマテラスオオミカミさま、なむゴンゲンさま、なむタコハチさま、なむオチャガラさま、この世に雷を落とさせたまえ、雨降らせたまえ。うおーん、うおーん、ほーれ狼さまが吠えるぞえ、走るぞえ。どいつもこいつもくたばりやがれ、きゃははは。面白いぞい、面白いぞい。てめーら、みんな、雷に当たって死ぬぞい、大雨に流されて地獄行きだあ。きゅおーん、ばりばり、ざざざーい、いい気味だあ。みーんないなくなるぞい、気持ちいいぞい。そーれ落ちろ。そーれ降れ。バチ当たりめが、みーんなバイバイじゃあ。そーれ落ちろ。そーれ降れ。

本当に雷雨になった。

一日に二十六キロも飛ぶように歩きまわる日頃の放浪で鍛えに鍛えているだで、そりゃ並みの体力じゃないわね、肺炎ぐらいじゃこたえっこないですわなあと、早速井沢が感嘆した。

「それにしてもほんとに雨や雷じゃあ。びっくりしたのなんのって。とにかく農作物には大きな恵みだわね」

ウノさの魔力が本物になってきたと、臆したように言う。

「どうするずら。このままでいってもいいだかねえ、作造さと藤さにはえらい面倒かけちまうことになるけんど。まあ、ウノさの元気な声が聞こえなんだこの四、五日は、なんや気が抜けたようでしたなあ。可笑しなもんですわ」

ミツの一家は気が抜ける暇などなく、ウノさの看病に追われていたのだが、ウノさのいつもの唸り声を聞いた途端はじけたようにみんなで笑い転げたのは、井沢の言うようなことであったのかも知れない。

無事に雨も降り、上がって、夏が来た。

湖畔はボートや水上スキーの若い観光客でにぎわい一気に解放感に溢れる。雑多な音楽やファッションや言葉が湖上の眩い波光とともに湖畔を蘇らせる。刺激的な男女の形態は村人たちにとっては夢のような風物詩である。

空を映す湖面の空色がいちだんと明るくなった。

頂に雪を毫《は》く彼方の八ヶ岳の上に真っ白な綿雲が浮かぶ。その八ヶ岳が対をなして湖上に映っている。

眩い光輝漂うその湖はすでに、目には見えないが救いようのないほどの汚濁に侵されているのだ。それでも鯉や鮒が泳ぎ、貝やヤゴが棲む。その上を、遊覧船が波を分けて渡り、モーターボートがけたたましい音を立てて走りまわる。その傍で点々と、暮らしを懸けて魚を漁る泥船が浮いている。

湖は生き物たちのどんな生態も自分の生死さえも呑み込んで澄ましかえっている。

ミツが水門のコンクリート壁に寄りかかり手に持った紙袋から菓子を摘まみ出して食べているウノさに出会ったのは、中学校の吹奏楽のクラブ活動を終えて帰宅する途上であった。

水門の下で轟音をとどろかせて逆巻く白い奔騰を見下ろしていた。

菓子を食べるのに夢中なのか、日が暮れる前一瞬の強烈な日差しに輝く水の狂奔に魅入られているのか、ウノさの背中は微動だにもしない。

その背中にミツはふと、あの、忘れもしない緋色の長襦袢を着せていた。

あの、隆一・十九歳、ウノ・十六歳の写真を懐に忍ばせ、長い袂をひるがえして華麗に舞う、美少女であったと誰もが言うウノさの姿は、この水門に逆巻く真っ白い奔騰によく似合う。そして沸き返る水の放つ純白の光の粒子の中へ緋色の揚羽蝶が吸い込まれてゆく――。

するとウノさが今にも水門から飛び込みそうな気がした。

息を殺してウノさに近づいたミツに気付くと、彼女はいきなり仰《の》け反ってけたたましい嬌声を上げた。

夕暮れが間近い。そろそろ天へ向かってウノさの離陸の助走が始まる頃である。

家にはナミだけが居て本を読んでいた。

「おばあちゃんは？」

「おじいさまのお見舞いに大家へ行ってる」

ナミは本から顔を上げず、ぶっきらぼうに応えた。

「おじいさま、また悪いの？　またおいさんたちに怒られているのかなあ」

「うん、風邪だって。そりゃあもうウノさんとこの杏の樹みたいなもんだもん。しょうがないよ。おいさんたちの顔ももうときどき分からなくなることがあるんだって」

「じゃあ、わたしたちも分からんの?」

「きっとね」

何があっても其処にこんもりと小山のように揺るぎなかった曽祖父を長いこと見ていなかった。

大家へ使いに行くたびに縁側に正座してシンとして庭を眺めていた置物のような徳三郎の姿は、庭に何本もある枝ぶりの好い老松よりもずっと太く根深く見えた。おじいさま、と声をかけると、むむ、と変わらない反応が返ってきた。それだけでミツは満足であった。

この頃は伏せることが多くなって粗相をすることもあるようだと、藤子が不憫がっていたが、中学生になってから何かと忙しいミツは、自分のことに精一杯で、徳三郎のことを忘れている日が多くなっていた。

藤子がいないと所在がない。学校のことや学校の行き帰りの道すがらの出来事などを話せない。水門で出会ったウノさのことを早く誰かに話したかった。

高校生になったナミは無口になり、妹など眼中にないかのようだ。置き去りにされればされたで一層、変に鬱陶しく重たくなる姉の存在を、ミツの感情もまた持て余している。

ウノさのことを話せばナミは乗ってくるに違いないと考えたが、やめた。何となく悔しくて、こんなにいい話を誰がしてやるものかと意地悪になる。

ケースからフルートを取り出して吹いた。

ナミは読書の邪魔になると言って怒り出すだろう。あれからもうウノさが帰っていれば、まだ習いたての不器用な音を聞いて、彼女はいつにも増して荒れ狂うかも知れない。

ナミの耳にもウノさの耳にも捻じ込むように、力任せに掠れた音を出し続けた。

いつの間にかナミが本を片手に傍に立っていた。

「ねえ、ミツ、――」

自分の耳にも突き刺さっていた可笑しな音がぱたりと止んだ。

目を上げると姉の胸があった。ノースリーブの薄いブラウスが形のいい二つの隆起を秘密めかして、汗の匂いがした。

「ねえ、ミツ、――」

もう一度小さな声でナミは言い、持っていた本をミツの鼻先へ突き付けた。

「これ読んでみない？」

「何、よう」

「いいから読んでみて、早く」

本を手にしてミツは投げ出した。

「何、これ。こんなもの、わたしに見せて」

「何って、ミツ、二人で一ぺん実験してみない？　ほんとに此処に書いてある通り、気持ちがよくなるかどうか、ねえ、やってみようよ」

「冗談言わないでよ。いやだよ、いや」

「だって、ほら、小さいとき、リカちゃんの家で実験したじゃあ。あの実験だって思えば何でもないよ。ここに書いてある通り、舐め合いっこするだけだもん。それだけだもん。二人でやれば恥ずかしいことないじゃあ。ね、やってみようよ」

「でももう小さくなんかないもん。それに気持ちよくなるとかならないとか、わたしには関係ないよ」

ナミは退くに退けずに怯んでいる。ミツの傍に立ったときから怯んでいた。きっと幼い頃のあの記憶から逃れられないでいるのだ。その記憶に促されて成長し、再び敢然と挑戦しようとしているのかも知れなかった。ミツはかっての実験の結果に満足し安心して忘れていたのだった。

遠い出来事が突き付けられた。何処かに居るリカの妹とひろしの弟はあの事を覚えているだろうか。二人の心と躰にあの事はどのように染みているのだろうか。

「そうだね、ミツの躰はまだ子どもだもんね。変におませだから関心あると思ったんだけどなあ。ごめんね」

ナミがあっさり退くと、ミツは突然、姉に対して限りなく優しくなる自分を感じた。

そしてこのやり取り自体が再び自分たち姉妹の妖しい秘密へと取って代わるのに気付いた。今度は姉が妹に大きな負い目を持つことになるのだ。ナミを侮辱したくなかった。この秘密を絶対に守ると約束してやりたかった。

約束を確かに伝えるためにはナミの頼みを聞き入れるしかない。

ウノさのあの緋色の襦袢と写真が目の裡に翻って舞った。

「いいよ、お姉ちゃん。やっていいよ」

膝の上のフルートを握りしめながら小さな声で応えた。

水門に寄りかかって湖を眺めていたウノさの振り返った視線にミツは絡め取られていた。

小学校の四年生で初潮のあったナミに比べ、ミツが中学生になっても躰が幼く初潮も無いのを心配して、藤子はまたミツを医者へ連れ歩くようになっているが、何処でも時の満ちるのを待つより仕方がないと言われ、再び何も言わなくなっている。

ナミと確かめ合ったミツの躰は何も感じず、嫌悪感だけが残った。

妹の生硬な躰は根気よく舌を這わせる姉の賢明な努力を受け入れるのが苦痛でしかなかった。ミツは、想像もつかなかったナミの羞恥心に満ちた敏感な隠微な反応に心を奪われたが、同時にそんな姉の躰からますます遠ざかった。

強制された妹の稚拙な技巧にさえ声を上げ躰を反らせて悶えるナミの官能を嫌悪するばかりであったが、同時に、いずれそのうちに自分もたどり着くのかも知れない、約束された得体の知れない成熟への畏怖であることも知っているような気がする。

どのようにしても躰を強張らせるミツに、

「ごめんね。もう実験、終わり」

ナミはあっけらかんと宣言し、いつもの顔に戻った。

それがどんなに精一杯の姉の演技であるか妹には分かっている。ミツもまた何事もなかったかのような顔をして無邪気に屈託なく笑って見せた。

人間というものがその平然とした顔の下でどんなことでもする生き物であることが実証されたのだ。あの、幼い由香と昇の実験で人間の尊厳を確認したと思い込んできた安心が、根こそぎ揺らいだ。祖父の作造も祖母の藤子も、そして母親の多美子も、と考えるとミツの世界は一変した。

実際には数学の方程式を覚えるように生物の在り様はとっくに理解しているのだ。ナミは、ミツ、人間だって動物だよ、動物のすることは何だってみんなやるんだから、汚い汚い生き物だえ、中でも一番、人間が悪い動物だよ、と言った。分かってる、と言いながら、分かっていることと自分との関係の相容れない曖昧さに、ミツは苛立った。

猫が一匹いなくなったらしい。珍しくウノさの呪詛がまだ夜も明けない朝から始まった。

大釜を叩き、オチャガラやーい、オチャガラやーい、とけたたましく呼び続ける悲痛の叫びに人々は目を覚まされた。

オチャガラがいなくなったぞい。オチャガラがいなくなったぞい。オチャガラが東の方で泣いてるぞい。誰が盗ってったかなんざあ、とっくにお見通しだい。テンチゴンゲンさまに誓って、楠見の野郎に決まっとる。あの野郎、早速可愛い可愛いオチャガラちゃんに目えつけやがって、日がな夕がな色目えつかいよった。ちゃあんと分かってたってもんだ。あぶないあぶない思ってたらとうとうやりやがった。今頃は煮て喰ってるぞい。焼いて喰ってるぞい。手え叩いて唄って踊って有頂天だあ。ええい、こんちくしょう。今に見ておれ。呪い殺してやるぞい。猫さまたちが許しちゃおかねえぞな。そおれ、タコハチやーい、デベソやーい、オトラやーい、オカメやーい、ヒョットコやーい、ハチマキやーい、タンコブやーい、オデキやーい、ハナマガリやーい、トンコやーい、ダイコンやーい、ニンジンやーい、それ、スッテンテンやーい。そーれ、それ、油舐めて突撃だあ。ほーれ、化けて出るぞい、化けて出るぞい。あわわわ。すっとんとんと、楠見の野郎、おったまげて、あの世逝きだあ。キャハハハハハ。

呪詛は昼時にも繰り返され、夕方になると一層激しさを増した。

オチャガラを盗んだ野郎の名前は楠見に続いて日ごと軒並みを順繰りに上がっていく。

いつにも増して笑い転げていた人々であったが、朝昼晩の執拗な騒音はついに寛容の度を超えた。

せっかく病から立ち直り雨乞いもして調子がよかったのに、猫一匹のために台無しになってしまった、ウノさは完全に狂ってしまったのだと、ミツも思うほかない。

呪詛とともに乱打される、磨きたての大釜の鈍いが耳を劈《つんざ》く音響は、ウノさの正気への完全な決別を伝える鐘の音であった。

井沢と土田が市の福祉課にいる根岸を連れてやって来た。

根岸はウノさのあばら家に目をやりながら、

「遠野ウノさんについては日増しに苦情や問い合わせが多くなりまして、市の方でもいよいよ何とかせなならんいうことになりまして。

今までも常に保護の対象にはなっていたんですが、何分、特別に害がない限り、申請も無いのに強制収容はどうかということできたんですわ。お宅にもそうそういつまでも厄介をおかけする訳にはいきませんしねえ」

と言い、

「どうしますかねえ。ウノさの保護者の方はこちらに全部任されているようにお聞きしておりますが」

作造の返事を捥ぎ取ろうとでもするかのように、資料を鞄から取り出し、胸ポケットのボールペンを手にした。

井沢と土田は眼を見合わせ、

「わしらもなあ、何とか何とかと思ってきたんだけんど。何しろ長い馴染みだでねえ。けんど、もうこの有様じゃあ、しょうがないずら。ウノさのためだで」

「隆一さもその方が安心するっちゅうもんさやあ。東京へその旨、伝えて下さいや。お願いしますで。返事を貰ったら、わしらからも挨拶に出向きますで」

かわるがわる遠慮がちに、しかし強引に言う。

「わたしらももうそろそろこのままじゃいかん思ってましたんや。隆一さには村に全部お任せするっちゅう返事を貰っておりますで。いいようにしていただいたらいいと思いますけんど。――それでもやっぱりこの前はこの前ですで。もう一度、今晩にでも電話を入れてみることにしますわ」

作造が答えた。

「出来れば、脳病院じゃなくて養護施設か何かに。どうかお願いします。隆一さもその方を望んでおいでると思いますで」

藤子が付け加えた。

東京の返事は変わらず、ウノさの始末は結局、作造と藤子に委ねられた。

いずれはウノさが此処からいなくなるのは分かっていたことではあるが、いよいよ現実になろうとしている。

何とかしてウノさと話をしてみたい。ウノさの正気と思える言葉を聞きたい。あの目の覚めるような緋色の長襦袢とセピア色に変色した写真をウノさの目の前に置いてみたらどうだろう。

ミツは秘密の想像に明け暮れていたが、ウノさの施設入りは遅々として進まなかった。

脳病院も施設も入院待ちの患者が溢れていた。ウノさの現状が精神科病院と施設の境界にあることも、受け入れ側が共に難色を示す理由にもなっていた。その上に、ウノさには兄からの十分な経済援助と作造夫婦の愛情あふれる世話が可能だということで、緊急を要しないという判断もあるようであった。

「お兄さんからの十分な経済援助って、どういうこと？　あんな襤褸着て、あんなあばら家に住んでいて」

藤子に訊くと、

「それがねえ、今度のことで分かったんだけんど、隆一さはウノさの名義でずっと積み立てをしてやっていただえ。それはもう長いことになっていて、利息も含めて二千万はあるようだよ。

当座のお金は毎月現金でうちへ送っておいでなして、おばあちゃんがウノさに渡していたんだけどねえ。

積み立てのことは、おじいちゃんもおばあちゃんも全然知らなかっただえ。家の修理や着る物や必要なものに使うようにって、隆一さはウノさに言ってあったらしいけんど、ウノさは分かっていたんだろうかねえ、一円も手を付けてないっちゅうことだねえ」

「おばあちゃん、訊いていい？　変じゃあ、そんなに妹のこと思っているとしたら、どうして隆一さは一度も帰って来てやらないずらか。何かあったん？」

「そうだねえ、変だねえ。おばあちゃんも変だとは思ってるけんど」

藤子は思案顔でミツを見つめる。

「絶対、変だよ。おばあちゃんは知ってる筈じゃあ」

「何を知ってるだかねえ。ウノさには好きな人がいたからお嫁に行ってもすぐ戻って来ちゃったってことぐらいしか――」

「その好きな人がお兄さんの隆一さだったとしたら、どうなるずらか」

とうとう口にした。

言ってしまうと、何でもないことのような気がした。

ミツはちらりとナミのことを思い浮かべた。

「まあ、ミツちゃんはいろいろなことを考えるんだねえ」

藤子が大きく溜息をついた。

「ミツちゃんがそこまで想像してるんなら、ちゃんと話しておいたほうがいいかねえ。けんど、このことは、これからも絶対に口にしたらいけないことだでね。

ウノさと隆一さは何不自由なく育って、そのうえ優秀でねえ、大学までお出んなさった美男美女の兄妹だったから、みんなの憧れだっただえ。村の期待もどれだけ大きかったずら。みんな、応援していたんだよ。

それがねえ、ウノさは隆一さを慕って結婚には見向きもしないから、二人は出来てるって噂が立ってしまったじゃあ。

親は躍起になって打ち消すけんど、そんな噂のために、隆一さもウノさも縁談がみんな壊れてしまうんだねえ。そこへもってきて、お父さんの遠野さんが借金の保証をしてあげていた会社が倒産して、持っていた田畑や不動産を殆ど失くしてしまったんだえ。

だからウノさを見染めて是非にと申し込んできた資産家へ、飛びつくようにして無理矢理ウノさをお嫁にやってしまった。ウノさも家と隆一さのために嫁ぐ決心をしたんだろうねえ。

そんな結婚がうまくいく筈ないじゃあ。

嫁ってみたら婿さんが道楽者で、そのくせ嫉妬深くて、何かというと非道い暴力を振るう人だったんだね。隆一さと出来てるって噂を何処からか聞いてきて、もう殴るわ蹴るわ、折檻し続けたらしいんだよ。運の悪いことに、ウノさはそのとき妊娠していてね。赤ちゃんは流れてしまうし、そのうえ惨《むご》いことに二度と子供を産めない体になってしまったようだよ。

隆一さはそんな地元に嫌気がさして故郷を棄てたんだねえ。ウノさが嫁に行って一年ばかりして東京へ行ってしまった。

ウノさが此処へ戻って来た時には、鬱状態というのかねえ、もう、少し怪しくはなっていたけんどまだ狂ってはいなかったえ。それがばたばたと遠野さんご夫婦がお亡くなりんなって、独りになってしまうと間もなくだわね、ぶつぶつ独り言を呟きながらあちこち歩きまわるようになったじゃあ。だんだん嵩じて今のようなウノさになっちゃったんだねえ。

隆一さが村へ寄付を続けていなさるんは、村にはいろんな辛い思いがおありなさるけんど、ひたすらウノさを好きなようにさせておいて欲しいんだろうねえ。それが分かっているから、村の人もみんな、今までどうしようもなくて来たんだと思うえ。自分たちが変な噂を流して二人を不幸にしてしまったんじゃないかって、負い目を感じてね。

だからウノさの呪いの祟りをほんとに恐れてもいるんだと思うえ」

ちょっと違う、とミツは思い、またあの血の色の緋色の襦袢がセピア色の写真を抱いて華麗に舞う情景を見ていた。

隆一・十九歳、ウノ・十六歳、の文字が焙りだされてくる。あの緋色の襦袢は兄が妹に与えたものだとしたら――。

恐ろしく妖しい想像が、あのウノさの釜の中の真っ赤な色を揺らす。

二人はきっと噂なんかものともしなかったのだ。だから親は、家の事情もあったには違いないが、それよりも兄妹の仲を心配してウノさを強引に結婚させ引き離したのかも知れない。兄は絶望して家を出た。そして仕事に成功し家族をつくった。故郷に帰ろうとしないのは、世間の噂も耐え難いが妹に逢えばもっと狂ってしまうだろうと考えているからに違いない。もしかしたら自分も狂うことを恐れているのかも知れない。

それとも、とミツは躊躇いながら想像を手繰り寄せる。

仲のいい兄妹はある日肩を寄せ合って本か何かを見ているうちに、兄がふと妹を抱き寄せて接吻した。兄を敬慕している妹は兄のするがままに任せた。

その日から妹は兄を恋い慕い、兄もまた妹が愛おしく抱き続ける。世間の噂が兄の反省を誘った。兄は妹から離れようとするが、妹はもう生涯を兄一人と決めてしまっていた。

妹の不幸を自分のせいだと思うしかない兄は一生をかけて償おうとするが、世間の噂を恐れ妹を引き取ることも、故郷の土を踏むことも出来ない。それに一度でも逢えば妹はもっと狂ってしまうだろうという予感がある——。

ミツは息苦しくなり胸を押さえた。

目を上げると藤子がじっとミツを見つめていた。

「ミツちゃん、どうしたん、急に黙り込んで。また何か考えてるんだねえ。何か知ってることでもあるのかねえ」

「何にもないよ」

藤子はミツをまだまったくの子どもだと考えているのだ。もう中学二年生だよ、十四歳だよと言おうとしたがやめた。

躰が熟さないとやはり子どもなのだろうか。

見るからに小さい未熟な躰に合わせて子どもっぽく振る舞うことが作造や藤子やナミをさえも安心させるのを心得て、演技をしているつもりなのだが、この躰なりのことしか分かっていないのかも知れないと、ミツは怯む。

けれどもウノさの秘密に迫りたい願望が、ミツに少しずつ躰の成熟へ許しを与えていくようだ。

ウノさの朝昼晩の狂乱は止むことなく続いた。

しかしその調子は少しずつ落ち着いてきて、人々はまたいつの間にかウノさの乱調子の波を時刻代わりにして笑い合っていた。

また夏を迎えた。

十五歳になったミツは、まだ初潮が無いのを選ばれた者の証だと思い得意であった。いずれは無ければならないが、二十歳過ぎてからでいい。湖水を水門で堰き止めているような、自分で自分の躰をコントロール出来ているような、奇妙な悦びがあった。

藤子はもう何も言わない。ミツの気持ちを傷つけるのを恐れている。

病院行きも無くなり、ミツは自由だ。高校の受験を控えてはいるが、高校を選ぶつもりのない彼女にはまったく苦にすることのない予定行事の一つに過ぎない。

友達の多いナミは遊び過ぎて作造に門限を言い渡された。

夏休みに入るとすぐ、ナミはその門限破りの協力をミツに頼んできた。

あれからきわめて自然にナミとの日常は過ぎている。ときどき頭の中にあのウノさの襦袢と写真を思い浮かべ、赤とセピア色が渦巻く霧にナミと一緒に包まれる。あれ程ナミとの実験を嫌がった筈なのに、衝撃が遠のくにつれて鬱々とした暗い感情は甘い痛みに変わっていくようだ。ナミはどうなのだろうと考える。

姉を思いやる優しい余裕が生まれるのはナミがミツを見向きもせずに飛びまわっている時だ。だからナミの頼みを喜んで引き受ける。

明日結婚する理科の先生のところへ行くと言いながら、ナミは洋服箪笥から水色のワンピースを取り出した。

つい一か月前、藤子にせがんで買ってもらっていたのをミツは知っている。

「どう、似合う？　わたしだってちょっとしたもんでしょ」

フレアスカートの裾を摘まんで澄まして見せる。

ナミはいつの間にか方言を使わなくなっていた。

「うん、きれいきれい。だけどこんな時間から男の先生のところへお祝いに行くん？　悪いんじゃない？　一人で行くん？」

「まあまあ。帰ってから話すから。ミツ、絶対秘密だよ、秘密。分かってるね」

唇に指を立てて、ナミは恐ろしく真剣に妹に命じた。

ミツが作造と藤子の部屋へ行きウノさの施設入りの件を尋ねている間に、ナミは家を抜け出す手筈になった。

作造と藤子は顔を寄せ合って書類を手にしていた。

ミツを見るなり藤子は、

「まあミツちゃん、いいところへ来たねえ、勘がいいじゃあ。決まったえ、ウノさの行くところ」

と言った。

「ほんと？　いつ？」

ナミと組んだ悪巧みなど吹き飛んだ。

ウノさが入れられるのはやはり脳病院の高原療養所であった。入所はウノさ次第だが来月中にはということである。留守をしていて遅くなったがと、井沢が手続きの書類を持ってきていた。

ウノさが承知してくれるかどうかが問題だと藤子は溜息をついた。

「おばあちゃんが説得出来なければどうなるん?」

「さあねえ――」

藤子は答えない。

ミツは知っているのである。そんな時は白衣の人たちがやってきて、暴れる患者には注射をしてでも連れて行くらしいことを。

いよいよウノさの正念場だ、戦いの時が来たのだとミツは興奮した。

一刻も早くナミに伝えたかった。部屋に戻りナミを待ったが帰って来ない。待ちくたびれてうとうとしかけたミツの布団に潜り込んできたナミを、うつつの裡に布団の端を上げて迎え入れた時には、すでに窓が薄っすらと白く夜が明けようとしていた。

ナミは背中を丸め肩を震わせて泣いている。

「お姉ちゃん、どうしたん、お姉ちゃん」

「ミツ、ごめんね。大丈夫だから泣かしといて」

泣きじゃくりながらナミは這い出すと、放り出されていたバッグからハンカチを取り出してズルズルと洟をかんだ。

そのままた布団にもぐり、ミツに背を向けてひとしきり泣いた。

「ごめんね、びっくりさせて」

「一体どうしたん？」

「新井先生の家の庭の植え込みに隠れてたの」

「一晩中？」

ナミはしゃくり上げた。

「あきれた？　いいよ、あきれても。自分でもあきれてるんだから」

「あきれたというより、信じられないじゃあ、そんなこと」

「でもほんとなんだから」

「一体何で？」

「ミツ、約束守れる？　絶対、誰にも喋らない？」

「大丈夫、喋らない」

「ほんとに約束だよ。あのね、お姉ちゃん、新井先生が死ぬほど好きなの。その新井先生が明日、と言ってももう今日だけど、結婚するの。だから最後の一晩を少しでも傍に居たくて――。出来ればそんなわたしに先生が気が付いてくれないかなあって」

　起き上がって正座したナミの姿が薄闇と薄明のせめぎ合う静寂に包まれ、その静寂に打たれてでもいるかのように小さく見える。

　ミツも起き上がり、ナミに向かい合って正座した。

「それで植え込みに隠れて一晩中何してたん？」

「何にも。ただじっとしてたの」

「じっとしてどうしてたん？」

「二階の先生のお部屋の明かりを見つめてたの」

「だって明かりは消えた筈じゃあ」

「消えたよ。でもまた点くような気がして――」

　ミツはナミの背を摩った。姉を好きだと思った。

「新井先生はお姉ちゃんの気持ち知ってるん?」

「知らないよ。一所懸命隠してたもん」

また姉を好きだと思った。

突然、ナミが脚を投げ出した。両手の指を熊手のように突き立て激しく掻き始めた。忽ち身を捩り、背中へ腕をまわし、苦悶の表情を見せる。

「ミツ、電気を点けて。ちょっと見てみて」

悲鳴を上げながら服を脱ぎ捨てた。

無惨に腫れ上がっていた。植え込みに潜んでいた一夜の戦いの痕であった。藪蚊や毒虫の集中攻撃を浴びたのだ。

ミツは笑い出した。ナミも涙を流しながらクククと笑った。

ナミは高熱を出して寝込み、やって来た医師は、何処かで毒虫にやられたようですねえ、それにしても何でこんなにやられたんですかねえ、よっぽど体調が悪かったんですなと、首を傾げた。

秋になり、ナミは元気を取り戻した。

ウノさの高原療養所への入所の日が決まった。

それを伝える藤子の説得を、あろうことかウノさは黙って聞いていたという。しかしその夕方の呪詛の激しさが彼女の動揺と拒否の荒々しく重苦しい感情を物語っていた。

翌日、井沢と土田が手土産を持って訪れたが、隠れて出て来ない。役所の根岸が部下の職員とやって来ると鬼の形相で喚き立て、小石を投げつけ続けた。

あれは本物の山姥だ、強制収容するしかないと、根岸が言った。

「おばあちゃん、いやだよ、無理矢理なんて。何とかしてやってよ」

「でもねえ、ミツちゃん、結局はウノさのためだでねえ。それに、そのうちにひょっとして、ほんとに火をつけたり物を壊したり子供を何処かへ連れて行ってしまったりするようなことが起きたらと思うとねえ。うちはそんな責任、取りきれないもんねえ」

もう仕方がないと藤子は口ごもった。

あの長襦袢と写真をウノさに見せたらどうだろう、正気に戻るだろうか、もっと狂うだろうか、見てみたい。ウノさを庇う裏側でミツの秘密の好奇心が募る。狙いを定めて獲物を追い詰めるハンターのごとく、生かすか殺すかの引き金を握っている妖しい感覚が、心にというより躰に何故か活き活きと満ちてくる。

きっとあの緋色とセピア色の所為だ。あのバケツと釜の中の真っ赤な色の所為だ。

いずれにしても孤独なウノさの行き着く処は病院か施設なのだ。そこは恐ろしい処ではなく、手厚い介護を受けて安穏に暮らせる、ウノさにとっては幸せな居場所なのだ。それなら、いやいや連れられて行くのではなく、正気になって納得して行くか、いっそのこと完全に狂って何も分からずに行くかだ。

抑えきれない胸の騒ぎに押されて、ミツは再びウノさの家へ忍び込んだ。

懐かしいあばら家。ウノさがいなくなれば取り壊されてしまうに違いないウノさの棲家。この家の面目を保って油虫の包囲にもめげずたわわに実り独り凛と立っている杏の大樹。

朽ちてしまっているとしか見えなかった破れた屋根や畳は無論のこと、柱や床板や戸板などが、俄かにまだしっかりしているように思えてくる。

その上に、襤褸を溢れさせている箪笥に微かに残る朱塗りの痕跡が、ミツの目にも高級品であったことを改めて思わせる。

ミツは箪笥の三段目の引き出しの底から両手に捧げて長襦袢を取り出した。畳紙を開き二重の包装紙を剥ぐと、艶やかな絹の緋色が光を浴びて耀いた。釜の傍らに広げ、襟元に写真を確認すると、一目散に走り出た。

ウノさが戻るまでの時間をミツは息を詰めて過ごした。わくわくしているようでもあり、慄いているようでもあり、真空の底でしんとしているようでもあり、得体の知れぬ、けれども何故か充足を覚える時が過ぎて行った

その耳を叩いた、ウオーン、ウオーン、と月に吠える狼の雄叫びで始まったウノさの呪詛の狼煙は、村中を震わせる激情であった。

幾通りもの唸り声と釜を連打する乱調子が、ゆっくりと落ちはじめた秋の暮色を破り、夕餉の食卓に向かっている人々を沈黙させた。

誰がこんなことしたかなんざあ、とっくにお見通しだい。アマテラスさまとゴンゲンさまに願掛けて、皆殺しじゃあ。そこの隆吉も、隣の玉雄も、その隣の良平も、みーんな出て来やがれ。吊るして晒してずたずたの股裂きじゃあ。出て来い。出て来ーい。何ぞい、頭ァ隠したって尻が出てらあ。アーッハハハ、アーッ

ハハハ、その尻に火ィ点けてやるわい。尻ばかりじゃねえぞい、家も丸ごとだあ。村ぜーんぶ、火ィ点けて煽いだる。

見ものぞい。見ものぞい。ざまあ見ろってもんだ。アーッハハハ、アーッハハハ。

なむゴンゲンさま、なむアマテラスさま、ごめんなして、ごめんなして。おらあを赦して下され。

千年も万年も昔の昔から、ゴンゲンさまに誓って、子ォのために生きるのが女だで。子ォのために死ぬるのが女だで。それが人間の女っちゅうもんだで。誰が何てったってこのことだきゃあ変えられねえ、変えちゃあいけねえって、ゴンゲンさまが言ってなさる。

おめさん、好きな男の子ォ産みな。たんと産みな。好きな男の子ォ、産めぬ女ほど悲しいものはねえで。

子ォ産めぬ女の躰から、それでも真っ赤な血が流れ出るよ。ほーれ、どくどく、じゅくじゅく、たらーりたらーり。見てござれ、ほれ、とくと見てござれ。

産みたい産みたい言うて泣いてござる。

生まれたい生まれたい言うてもがいてござる。

おのれ、貴様、よくもよくも裏切りおったぞい。アマテラスさまもゴンゲンさまもご照覧あれ。必ず必ずご照覧あれ。松の枝に逆さ吊りじゃあ。アハハハ。貴様んとこの松はとびきり上等の松じゃて、さぞかし見ものじゃわい。面の皮ひんむいて、背中から腹から、そのど頭から、勝ち割って八つ裂きじゃあ。

ほーれ、汚ねえ汚ねえ真っ黒黒の五臓六腑引きずり出して日向干しだあ。たちまち干上がるぞい。干しぼって、血痕一滴、みんごと跡形も無えぞい。

それ見たことか。恐れ入ったか。

紅いべべ着てハチマキ巻いて突撃だあ。紅いべべが泣いてござる。泣いてござる。

好きな男の子ォ、産めぬ言うて、泣いてござる。

うをーん、うをーん、うをーん、――。

いつにないウノさの号泣は人々の胸に染みた。

「あれ、今日は猫を呼ばないじゃあ。最初から泣いてるじゃあ」

ナミが肩をすくめて怪訝な顔をした。

「変だねえ。この頃のいろんなことで、やっぱりどこかに正気があって叫んでいるんだよ、きっと」

「それにしても何だかやたらと悲しいじゃあ」

祖母と姉が言い合うのをミツは黙って聞いていた。

「ミツ、ウノさびいきがどうしたん」

「だって怖いんだもん」

二人の顔を見ずに応えた。

藤子とナミは大袈裟に頷きながら不安げにウノさの家の方を窺う。

ミツの怖がる理由を知らない二人は、例によって未熟で神経質な過敏な感受性の所為だと思い込んでいる。

あの、釜の傍らに花のように広げた緋色の襦袢とセピア色の写真を、ウノさはどうしたのだろう。また箪笥の襤褸の底へ大事に仕舞ったのだろうか。それともいいものがあったとばかりに着込んでいるのだろうか。そのまま目の前にして呪いの儀式を行っているのだろうか。

何食わぬ顔をしてミツは想像をめぐらせる。

落ち着かない日々が一日一日と過ぎ、あっという間に夏が終わった。

連綿と続くウノさの悲嘆と復讐を誓う呪詛の怒号を聞きながら、ナミとミツは受験勉強に没頭した。

ウノさの狂気に何の変化も起きそうがないことに、ミツは密かにほっとしている。結局ウノさは強制収容されるしかないのだと、その日が来るのを数え始めてもいた。

ウノさが高原療養所へ入所する日の前日は日曜日で、抜けるように高い水色の空が広がった。

藤子の説得にウノさは、ごめんなして、と素直に頷いたのだった。

「明日は車が迎えに来るんだって。偉い人の入院みたいだね」

昼前に起き出してきたナミが、朝食兼用の昼ご飯を食べながらぽつんと言った。

みんなが口数が少なくなっていた。ミツは自分が何だかぼんやりしているのを感じている。訳もなく緊張して考えることが億劫になっている。だるい。

突然、外が騒がしくなった。

ウノさ、ウノさ、という叫び声とともに、ばたばたと湖畔へ向かう沢山の足音が聞こえた。

大声で言い交す人々の声は驚愕と不安が爆発していた。

「お姉ちゃん」

ミツはナミの顔を見た。

「うん、ミツ」

ナミが応え立ち上がった。

駆け出した二人は人々に混じって走り、彼らが湖畔に沿って水門を目指しているのを知った。

ミツの目の裡には赫々としたものが翻っている。

姉を追って走りながら、やったあ、やったあ、と呟き続けた。全身を駆け巡る興奮は、何故か肩の荷が下りるような、一つのケリがつくような、妖しい安堵感と恐怖に震えていた。

息を弾ませながら人だかりをかき分けて覗き込んだミツの目に、水門の奔流を止めて引き揚げられたばかりのウノさの溺死体が在った。

落ちた瞬間に心臓が止まったようだと人々が言い合う、ほとんど水を呑んでいない死体は、唯ずぶぬれになって眠っているようであった。

ミツは息を呑んだ。死体にはあの緋色の襦袢がべったりと纏い付いていた。露わになっている胸を消防士の一人が掻きあわせてやっている。

ウノさはあの写真をかならず懐か袂に入れていた筈だとミツは思った。

その写真は既にもう水門をくぐり抜けて天竜川の流れに乗っているに違いなかった。何処かで水底に沈むことがあっても、水草に絡めとられることがあっても、いつかはきっと、まだ見たことのない本物の海へ辿り着いて、海の中へ融けていくのだ。

すると、三年前に水門で出会ったウノさは湖を見ていたのではなく、その向こうの海を見ていたのかも知れない。水門を開けろ、開けろ、と呟いていたのかも知れない。

「ウノさ、こんなに綺麗だったんだなあ」

と誰かが呟いた。

「そりゃそうだわなあ、もとはと言やあ、遠野のご大家のお姫《ひい》さんだっただに」

年寄りが言った。

村の人々は、ウノさが目も綾な真っ赤な絹の長襦袢を着て水門に身を投げたことについて首を傾げたが、如何にも狂人に相応しい衣装だったと頷き合った。

区長の井沢の家へ行っていた作造と藤子が戻って来た。

ウノさの後始末は暫く続きそうである。

藤子は憔悴しきって暗い顔をしていた。しきりに肩で息をしている。

「おばあちゃん、疲れたんだね、ごしたいね。長い間ご苦労様。もうちょっとの踏ん張りだね」

ナミがいたわった。

藤子は井沢から貰ってきたカステラを切り分けながら、

「おばあちゃんねえ、最後の最後に失敗しちゃった。ウノさに申し訳なくて、申し訳なくて」

と言う。そして、

「おばあちゃんはやっぱり、ウノさの行く末を考えると、病院か施設へ入っといた方がいいと思うよりほかなかったからねえ。村の人たちの迷惑や万一のことも頭にあったしねえ。――だからウノさを説得するのに、これだけは絶対に言っちゃいけないと心に誓っていたことをねえ、最後の最後に言ってしまった。もう悔しくて、悔しくて。おばあちゃんがウノさを死なせてしまったんだと思うとねえ――」

「おばあちゃん――」

言いかけてミツは口をつぐんだ。

「人間って、駄目なもんだねえ。どんなに固く心に誓っていても、ふっと、それでも言った方がいいなんて思ってしまうものなんだねえ」

「一体、何を言ったの、おばあちゃん」

「おばあちゃん、ほんとはねえ、その一言を言えばウノさが必ず首を縦に振るのが分かっていただえ。だからつい言ってしまった、隆一さも賛成しているって――。ウノさが目をうろつかせて押し黙って頷いた時から、おばあちゃん、今日に賭けていただえ。今日が無事に済むか、済まないか。何かが起きるか起きないか。知ってたのにねえ。あの赤い襦袢見た時に分かっただえ。おばあちゃんがウノさを死なせてしまったんだって――」

「おばあちゃん、わたし――」

言いかけたミツに、

「ミツちゃん、ごめんね。ミツちゃんはウノさの最後の最後まで味方だったのにねえ」

藤子はようやく気弱い微笑をナミとミツに向けた。

ミツが密かに待っていた東京の隆一は姿を見せないまま、村の人々の手でウノさの密葬が執り行われ、再び何事も無い日常がやって来た。

冬に向かう諏訪湖の夕暮れは寂しいが、胸の詰まるような壮絶なドラマを演ずる一瞬がある。八ヶ岳に昇る巨大な夕日の輝きは、湖上に身を伸ばすように赫々とミツのいるこちら側まで渡ってくる。こちら側からは薄っすらと月が昇り、次第に輪郭を濃くして周囲の雲を取り払っていく。

炎の燻る太陽が沈む際の物狂おしい熾火の赤と黒の乱反射が忽ちやって来る闇とせめぎ合う、じりじりときしむ中空は、ミツにウノさの怒号と号泣を思い出させる。

藤子はウノさは自分が殺したと言ったが、ミツは殺したのは自分だと思っている。

言いそびれてしまったからには、きっともうこれからもそれを口にすることはないだろう。口にすれば、どれも嘘になるような気がするからだ。

秘密はそのままミツの躰に棲みつき、ミツとともに成熟を遂げるのだ。湖から流れ出て本物の海へ融け入るように、いつかミツも、ミツにも予想のつかないミツ自身になってゆく。

ウノさの死から四十九日、ミツたち一家は卒塔婆のみのウノさの墓へ花を供えた。

その三日後、徳三郎が死んだ。

呼ばれてミツとナミは本家へ走った。奥の間ではすでに聴診器を耳にはめた馴染みの医師が徳三郎の脈を取っていた。徳三郎を囲み、数人の親戚が身じろぎもせず座っていた。

ミツはナミに躰を擦りつけて正座し、膝に両手を揃えた。

骨の浮き出た徳三郎の胸が音を立てて上下している。薄く開いた目と洞穴のように開いた口が、ごろごろと乾いた音を立てる喉仏とともに最期の闘いをしている。

塩嶺おろしが吹き抜けるような異様な呼吸音は時々ふっと止んだ。

「おじいさま、きみちゃんがもうじき着くだで。それまで頑張っておいでや」

左手を握って放さない伯母が、徳三郎の耳に口を付けて声を張り上げた。

きみちゃんというのは東京に住む徳三郎の末娘である。父親が八十を超えている末娘は六十歳に近いが、色白で目の大きなお転婆ぶりは歳を取っても少しも変わらず、羽山家の異色の存在であった。

「大丈夫だで。みんなが揃うまで、おじいさまはちゃんと待っておいでなさるで」

右手を取っている作造が甲を摩りながら確信に満ちた口調で言った。

藤子は割箸に巻いた脱脂綿に水を含ませては徳三郎の唇を湿らせ、

「さあおじいさま、たんとお吸いなして」

しきりに呼びかけている。

ばたばたと駆け込んできた希美子がボストンバッグとハンドバッグを投げ出して、いきなり徳三郎の頭を抱えて蹲った。

「希美子、来たえ。来たえ。おとうちゃま、はあるか会えなかったねえ。ごめんね。ごめんね」

みんなの分を攫《さら》うように啜り泣き始めた。

徳三郎の顎が上がり、呼吸が荒々しく間遠になった。医師は、盛り上がっては落ちる既にあからさまに肋骨の形骸を成している胸をはだけると、改まった様子で聴診器を当て、じっと耳を澄ました。

顎が落ちた。

同時に、座敷に張り詰めていた静寂がストンと抜けた。

「三時四十五分、ですな」

おもむろに腕時計を確認した医師が宣言した。

「今日の引き潮は確か三時四十五分でしたな」

「やっぱりなあ。おじいさまは天に環《かえ》られただで」

作造が穏やかに言った。

ブルージュの多美子は参列出来なかったが、徳三郎の葬儀も終わり、再び何事も無い日常がやって来た頃、ミツは初潮を迎えた。

藤子は喜んでミツを奥の間へ連れて行き、もう分かっているよねえと言いながら、甲斐甲斐しく手当ての仕方を教えた。

「おめでとう。ようやく一人前になったねえ。ママに知らせてあげなくちゃね。これでおばあちゃんも一安心。ママにも威張れるよ。もう立派な大人だえ。ミッちゃん、ちゃんと赤ちゃん産めるえ」

と言い、

「この血は赤ちゃんになれなくて犠牲になる血だもんね。尊い血だえ。なんて勿体ないことずらか。粗末に扱ったらバチが当たるえ」

一転して厳しい表情になり、これからは自分の下着は自分で洗うようにと、にべもなく命じた。

祖母は母の多美子と同じことを言った。

こういう言葉を繰り返しながら血まみれになって来た女たちの血に、ミツも今まみれようとしているのだ。逃れられない紅い河の流れの淵まで否応なく辿り着いてしまったのだ。ウノさの釜の中へ入ってしまったのかも知れない。祖母や母を安心させる安心もあったが、何が目出度いものかとミツの顔は強張った。

赤飯が炊かれ、尾頭付きの、いつもより少しばかり豪勢な夕食が用意された。

作造も藤子もナミも素知らぬ顔で食べている。

三人はミツに気を遣っている。ミツは訳もなく顔を上げられない。祝ってもらっているのは確かだが、悲しんでいるような、怒っているような、恥ずかしがっているような、露出しているような、何が何でも何かを信じているような、疑っているような、幾重にも果てしなく絡み合った不気味な密事を、それぞれに胸に抱えて口をつぐんでいるようだ。ミツは無論のこと、みんなが誰にも知られないように密かに闘っているような気がする。

ミツはナミの顔を盗み見た。

間もなく十六歳になろうとしている自分がこんなに持て余しているのに、九歳で初潮のあった姉は一体どのように気持ちを処理して乗り切ってきたのだろう。

ミツの視線にナミは可笑しそうに笑顔を向けた。

突然、お茶を入れている藤子の手元を指さして、

「あっ、お茶柱が二本も立ってる」

と声を張り上げた。

初潮はたった二日で終わり、二回目はなかなかやって来なかった。

年が変わり春になった。

ミツは卒業式から高校入学までのわずかな自由な日々を時々、二階の窓から主の居なくなったウノさの廃屋を眺めながら、父親の形見に作造が貰い受けた徳三郎の日記を読んで過ごした。

日記は四十歳から二十五年分である。その前後のものも在る筈であったが見つからなかった。

天候と起床時間、就寝時間が、几帳面に記録されている日記には、来客と訪問先、仕事の内容などが簡明に書き込まれ、時代の出来事や家族の状況なども何の感情も交えずに記されている。

毛筆が途中から万年筆に替わり、ボールペンになり、ところどころに鉛筆書きも混じる、さらさらと吹き渡ってゆく風の跡のような、男の日記。どっしりと動じなかった曽祖父の人生が、本家の縁側に座して庭を眺めていた徳三郎の最期の日々と重なった。

徳三郎の風紋は諏訪湖の波光が風を焼き付けて生まれてきたのだろうとミツは思った。

まだ明けきらない青みどろの湖上に船を浮かべて、櫂を波にたゆたわせたまま、腰に下げた煙草入れからおもむろに煙管と煙草を取り出して刻みを詰め、思い切りふうっと煙を吐きながら目を細めて湖上に聳える八ヶ岳を仰いでいた、徳三郎の小山のような姿はミツの心に焼き付いている。

むかしはむっくりかえって、はなしはひっくりかえる。でんでんでんぐりかえって、はい、それでおしまい。むふふ、と笑う徳三郎の声が聴こえている。

ウノさの家屋がいよいよ取り壊される日に、突然それはやって来た。

二回めの月経である。どうっと一気に下った。

躰の芯が流れ落ちる。咄嗟にミツはそう思い、これからしなければならない手当てのことをぼんやりと考えた。

どういうわけか何もかも億劫だった。何もしたくなかった。ただじっとしていたかった。それなのにミツの意思に反して何の苦もなく躰の内から滑り出てくるものがある。

これ程の放出を必要とするまでに何かが満ちてきているのだ。それが何であるのか、どれ程のものであるのか、確かめてみたい。

ミツは日記を片手に座布団を縁に持ち出した。すでに赤く染まり始めている下着を脱ぎ捨て、スカートを広げて座った。

絶え間なく滲み出る、というより湧き出る生温かいものが、生きていることの秘密の場所をミツに教える。時折ぬるりとした塊が放出される。命を創ることを許されなかったものたちの盛大な量と温かさがミツを驚愕させる。

〈大正三年九月四日。晴。起床五時。就寝十一時二十分。本日、かねてよりの水門創建の勧進、無事満願。施工は来春。めでたし。次は釜口橋起案のこと〉

探していた記録を見つけた。

また大きな血塊がぬめり出た。頭に引っかかっていた、徳三郎が息を引き取った際に聞いた「引き潮」という言葉と、「おじいさまは天に還られただで」という作造の言葉の意味が、ゆっくりとほどけてくる。

引き潮に乗って徳三郎がこの世から消えて行ったのだとすれば、ミツの初潮は満潮に乗ってやって来たのに違いなかった。

その足音を、ウノさの家があっという間に崩壊する轟音とともにミツは聴いている。

隆一・十九歳。ウノ・十六歳。ミツの躰が繰り返し呟いている。

あのウノさの大釜はどうなるのだろう。ウノさの十六歳はおじいさまが勧進した水門から流れて行ったが、私の十六歳はこれからやってくるのだと、ミツは幻を見るように考えている。

ウノさは、あの緋色に包まれて水門に身を翻し、ミツの裡に紅いものを溢れさせたのに違いない。ウノさの狂気を抱き取った湖の悠々とした静かな優しさの中に、ミツは居た。

「ミツちゃん、いつまで其処に座ってるん？　おじいさまの日記、そんなに面白い？」

ミツに近づいたナミが悲鳴を上げた。

「ちょっとォ、これ、何？　血じゃあないの」

血相を変えて藤子を呼びにいった。

ナミと一緒に走って来た藤子と二人に抱えられて立ち上がったミツの両脚に、あらためて一筋二筋と鮮血が滴り落ちる。

「まあ、あきれた、ミツちゃんたら。一体どうしちゃったずら。手当ての仕方、ちゃんと教えてあげたえ。準備も全部、出来てたじゃあ」

藤子は呆然と立ち尽くした。

月経のショックで混乱していると思い込んだ二人の手で、ミツはそっと奥座敷に寝かされた。

解体されたウノさの家の後片付けが続いている。

間断なく続く木材や壁土や瓦礫を掬い上げるショベルカーの轟音が、ウノさの叩く釜の音に変わっていくのを、ミツは眠りに落ちながら聴いている。

本作は二〇二一年一月に小社より単行本として
刊行された作品を改稿し文庫化したものです。

〈著者紹介〉

柳谷 郁子（やなぎたに いくこ）

長野県岡谷市出身。兵庫県姫路市在住。早稲田大学卒。
大阪女性文芸賞。小諸藤村文学賞。北日本文学賞候補。ほか。
著書：『月柱』（読売新聞社）『夏子の系譜』『諏訪育ち』（三月書房）『諏訪育ち―姫路にて』（第三文明社）『風の紋章』『月が昇るとき』『赤いショール』『花ぎらい』『美しいひと』（ほおずき書籍）『望郷―姫路広畑俘虜収容所通譯日記』（島影社）『官兵衛がゆく』（しんこう出版）ほか。．
共著：『姫路文学散歩』『姫路城を彩る人たち』（姫路文学館刊）『播州才彩』（しんこう出版）『私を変えた言葉』（日本ペンクラブ刊・光文社・収録のエッセイは筑波大ほか大学の国語入試問題となる）ほか。
絵本：『官兵衛さんの大きな夢』『雲平先生はいつも』（絵・本山一城・神戸新聞総合出版センター）
童謡：作詞『いのちってなあに』（作曲・竹内邦光）ほか会歌等。

となりの男《おとこ》

2023年2月3日　第1刷発行

著　者　　柳谷郁子
発行人　　久保田貴幸

発行元　　株式会社 幻冬舎メディアコンサルティング
　　　　　〒151-0051　東京都渋谷区千駄ヶ谷4-9-7
　　　　　電話　03-5411-6440（編集）

発売元　　株式会社 幻冬舎
　　　　　〒151-0051　東京都渋谷区千駄ヶ谷4-9-7
　　　　　電話　03-5411-6222（営業）

印刷・製本　シナジーコミュニケーションズ株式会社
装　丁　　弓田和則

検印廃止

Printed in Japan
ISBN 978-4-344-94372-8 C0093
幻冬舎メディアコンサルティングＨＰ
https://www.gentosha-mc.com/